Ein Winter, 1000 Küsse

Henriette Wich

EIN WINTER, 1000 KÜSSE

CARLSEN

Außerdem von Henriette Wich im Carlsen Verlag lieferbar:
Das magische Nixenarmband – Das Rätsel im Leuchtturm
Das magische Nixenarmband – Abenteuer um Mitternacht
Das magische Nixenarmband – Der Herzenswunsch
Das total verrückte Osterabenteuer
Die zauberhafte Zeitreise
Freche Hexen hexen besser
Sieben Chancen für die Liebe
S.O.S. – Weihnachtsmann in Not

Die Zitate des Theaterstücks stammen aus:»Ein Mord liegt auf der Hand.
Eine Kriminalkomödie nach Oscar Wilde«, bearbeitet von Karlheinz Arndt.
Die Autorin bedankt sich für die freundliche Unterstützung.

FSC
Mix
Produktgruppe aus vorbildlich
bewirtschafteten Wäldern und
anderen kontrollierten Herkünften

Zert.-Nr. SGS-COC-001940
www.fsc.org
©1996 Forest Stewardship Council

Originalausgabe
Veröffentlicht im Carlsen Verlag
November 2010
Copyright © 2010 Carlsen Verlag GmbH, Hamburg
Alle Rechte vorbehalten
Lektorat: Brigitte Kälble
Umschlagbild: photocase.com/© Allzweckjack – Jack Simanzik/Lena B./
Jacketier/Michael Haas – eurytos/Anna Niestroj/riotatthecloset/Jutta Rotter/
Andreas Siegel/svennesvensson/Yvonnes_photos
Umschlaggestaltung: formlabor
Corporate Design Taschenbuch: Dörte Dosse
Gesetzt aus der Minion bei Dörlemann Satz, Lemförde
Druck und Bindung: GGP Media GmbH, Pößneck
ISBN 978-3-551-35973-5
Printed in Germany

Alle Bücher im Internet: www.carlsen.de

Für Mirabelle

ZWISCHENZEIT

Mattis hörte den Bus lange, bevor er ihn sehen konnte, das tiefe, wummernde Geräusch des Motors, der mit der Steigung der Landstraße kämpfte. Ausnahmsweise regnete es nicht, aber der Novembernebel an diesem Montagmorgen war so dicht, dass die feinen Tropfen einen feuchten Film auf Mattis' Kleidung hinterließen. Selbst Hasso, der Hund des Tankstellenbesitzers, zog es vor, im Laden zu bleiben, statt mit der üblichen Mischung aus Vorfreude und Wut kläffend dem Bus entgegenzurasen. Die Kälte kroch in Mattis' Turnschuhe und wanderte seine Beine hoch. Sie hatte sich gerade in seinem Herzen eingenistet, da durchschnitt der Bus die Nebelwand – wie ein Raumschiff, das aus einem Wurmloch auftauchte. Nur leider war er nicht auf einer spannenden Reise ins Weltall, sondern sammelte bloß die Schüler der umliegenden Ortschaften ein, um sie in die Stadt zum Gymnasium und in die Gesamtschule zu bringen.

Mattis vergrub die Hände in den Taschen seines Anoraks und ballte die Fäuste, bis es wehtat. Noch vor drei Monaten hatte er es kaum erwarten können, in den Schulbus zu steigen. Nur wegen Stefanie. Heute wäre er am liebsten davongerannt. Nur wegen Stefanie.

Der Bus bremste. Zischend ging die Vordertür auf und ein Schwall feuchte Heizungsluft schlug Mattis entgegen, zusammen mit lautstarkem Stimmengewirr. Er stieg die Stufen hoch, nickte dem Busfahrer zu und sah sich nach einem freien Platz um. Dabei fiel sein Blick prompt auf Stefanie, die ihm von ihrem Gangplatz in der Mitte zulächelte. Jetzt winkte sie sogar. Fröhlich, unbeschwert, als ob nichts gewesen wäre. Ihr blonder Pferdeschwanz wippte hin und her. Sie sah toll aus.

Der Bus fuhr ruckartig an und Mattis stolperte über eine Tasche. »Hey, pass doch auf!«, beschwerte sich Leopold, dem sie gehörte. Dann klopfte er grinsend auf das Polster neben sich. »Schläfst du jetzt schon mit offenen Augen? Hast dir wohl die Nacht mit Theater-Monologen um die Ohren geschlagen, was?«

»Erst mal abwarten, welches Stück wir überhaupt spielen«, murmelte Mattis. Während er auf den freien Platz rutschte und sich aus seinem Anorak schälte, überlegte er, wie er Leopold am besten klarmachte, dass er jetzt nicht über die Theaterproben reden wollte, die bald losgingen und das Dauergesprächsthema am Gymnasium waren. Er machte den Mund auf und in dem Moment holte Leopold eine Zeitung heraus und vertiefte sich in den Politikteil.

Erleichtert lehnte Mattis sich zurück und stöpselte seinen MP3-Player ein. Langsam tauten seine Füße auf, aber in seinem Herzen herrschte immer noch Eiszeit. Obwohl er wusste, dass er genau das nicht tun sollte, drehte er den Kopf und sah noch mal zu Stefanie. Sie frischte gerade ihr Lipgloss auf. In der anderen Hand hielt sie ihr Englischheft und ging die Vokabeln durch, die sie bestimmt längst auswendig konnte. Zwischendrin quatschte sie mit ihren Nachbarn links und rechts. Vielleicht hatte Mattis sich deshalb in sie verliebt. Weil sie drei Dinge gleichzeitig tun konnte: telefonieren, ihn küssen und sich auch noch die Schuhe zubinden. Weil sie nie stillsaß und immer was unternehmen wollte: Kino, Theater, Radtouren, Workshops, Ausstellungen.

Weil sie ihn mit ihrer Begeisterung mitgerissen hatte. Am Anfang jedenfalls, als sie frisch verliebt gewesen waren ...

Leopold raschelte wütend mit seiner Zeitung. »Also das ist doch echt das Letzte, was die da in Berlin veranstalten!« Dann ließ er sich über die neueste Haushaltsreform aus, eines seiner Lieblingsthemen.

Mattis hörte nur mit halbem Ohr hin. Er interessierte sich nicht besonders für Politik und heute schon gar nicht. Leopold redete noch eine Weile auf ihn ein. Endlich nahm er sich den Wirtschaftsteil vor und Mattis konnte wieder seinen Gedanken nachhängen. Was war bloß passiert zwischen Stefanie und ihm? Lange Zeit schien alles perfekt. Er hatte nur gemerkt, dass er die vielen Unternehmungen auf Dauer anstrengend fand. Dass er sich zurückziehen wollte, auch mal wieder alleine sein. Kein Problem, hatte Stefanie gesagt und war mit ihrem Freundeskreis losgezogen. Sie war unkompliziert, nicht die Spur zickig wie viele andere Mädchen. Selbst als sie sich vor einem Monat trennten, blieb sie ganz locker. Vielleicht war das ja das Problem ...

Ein Lachen drang zu Mattis herüber. Stefanies Lachen, das er aus Hunderten von Menschen herausgehört hätte. Plötzlich wurde er wütend. Machte es Stefanie gar nichts aus, dass ihre Beziehung vorbei war? Hatte sie keinen Liebeskummer? Offensichtlich nicht, sonst würde sie jetzt mit einer Packung Tempotaschentücher im Bus sitzen und Rotz und Wasser heulen. Oder wenigstens still vor sich hin leiden.

Mattis drehte seinen Player lauter, um sich abzulenken. Die Musik tat gut. Er schloss die Augen. Eigentlich mochte er ja die Zeit im Bus. Es war eine Zwischenzeit, Auszeit. Man pendelt zwischen zu Hause und der Schule, ist einfach unterwegs, muss nichts tun. Keine Hausaufgaben, keinen Sport, sich nicht mit Lehrern oder Eltern rumärgern. Draußen fliegen die Felder, Häuser und Bäume vorbei und die Gedanken fliegen mit, voraus in die Zukunft. Und plötzlich geht sie auf, die ganz persönliche Wundertüte, vollgepackt mit deinen Träumen, Wünschen, Hoffnungen.

Wie oft hatte Mattis schon im Bus Zukunftspläne geschmiedet und geträumt. Vom Vorsprechen an einer berühmten Schauspielschule, die ihn unbedingt haben wollte. Hatte sich auf einer großen Bühne gesehen, als Hamlet oder Faust, umjubelt von den Zuschauern. Oder in Paris mit Stefanie in einem Café, gleich neben der Wohnung, die sie sich für ein Jahr gemietet hatten.

Jetzt war es schon wieder passiert. Stefanie hatte sich in seinen Kopf hineingeschlichen. Mattis öffnete die Augen und sah sich im Bus um. Im Gegensatz zu ihm schienen die meisten Leute glücklich zu sein. Lag es daran, dass bald Weihnachten war? Dass die Liebe in der Luft schwebte wie unsichtbares, glitzerndes Lametta, dem sich keiner entziehen konnte? Vielleicht. Jedenfalls kam es Mattis so vor, als ob die anderen bereit waren. Offen für die Liebe.

Die beiden Mädchen vor ihm zum Beispiel, die Sportliche mit den kurzen schwarzen Haaren und der runden Brille und die schüchterne Dunkelblonde. Mattis kannte die zwei nur vom Sehen, weil sie auf die Gesamtschule gingen, aber er wusste, dass sie unzertrennlich waren. Oft trugen sie Halstücher in ähnlichen Farben und an ihren Handgelenken klimperten die gleichen silbernen Armbänder. Jetzt steckten sie die Köpfe zusammen und tuschelten aufgeregt. Bestimmt über Jungs. Ein bisschen kindisch waren sie schon, klar, aber auch irgendwie süß.

Mattis warf einen Blick nach hinten zu Fiona, die mit ihm und Leopold in der Theater-AG war. Ihre langen braunen Haare fielen ihr ins Gesicht. Sie hatte sich hinter einem Liebesroman verschanzt und lächelte glücklich vor sich hin. Noch existierte ihr Traum wohl nur auf dem Papier, aber wie es aussah, hoffte sie zuversichtlich auf die ganz große Liebe. Beneidenswert.

Die Fußball-Clique hinter Fiona grölte. Gabriel, der Stürmerstar, war anscheinend für einen Moment aus seiner verschlafenen Coolness aufgewacht und hatte einen Witz gemacht. Jedenfalls fingen die Mädchen in seiner Nähe an zu kichern. Mattis hatte Gabriel noch nie gemocht und war froh, dass der Fußballer nicht aufs Gymnasium ging. Aber eines musste er zugeben: Gabriel sah wirklich gut aus mit seinen braunen verwuschelten Haaren und den graublauen, geheimnisvollen Augen, ein bisschen wie der Typ aus *Twilight*. Gabriel hätte jedes Mädchen haben können. Dass er immer noch Single war, lag wahrscheinlich nur daran, dass er sich nicht entscheiden konnte, welche Schönheit er zuerst fragen sollte.

»Mann, jetzt steht der Bus schon wieder!«, stöhnte Leopold. Er war mit der Zeitung durch und trommelte ungeduldig auf die Kopfstütze vor ihm.

»Du Armer!« Mattis drehte die Musik leiser. »So große Sehnsucht nach der Schule?«

»Quatsch! Mich nervt nur die Trödelei jeden Morgen.«

Mattis musste grinsen. Leopold konnte es noch so sehr leugnen, er ging ganz offensichtlich gern zur Schule. Er gehörte zu den seltsamen Typen, die Spaß an politischen Debatten und schriftlichen Erörterungen hatten, die über alles diskutieren wollten und von den Lehrern als großes Vorbild hingestellt wurden. Ein schwieriger Fall in puncto Liebe, aber nicht unlösbar. Immerhin spielte er auch Theater. Mattis kratzte sich am Kinn. Leopold brauchte ein Mädchen, das seine Begeisterung für Politik teilte oder sich fürs Theater interessierte. Giselle vielleicht? Mattis entdeckte sie auf einem der hinteren Plätze. Sie sprach wie immer sehr schnell und sehr leise. Wegen der Geräuschkulisse im Bus verstand Mattis nur Satzfetzen. »… was das Wichtigste … Theaterspielen ist? Frei im Kopf sein … dem Bauch heraus spielen … sagt Herbert immer.«

»Muss Liebe schön sein …«, sang plötzlich jemand laut los. »Lalala, die Liebe muss sooo schön sein!« Das konnte nur einer sein: Ulli, der Spaßvogel aus der Gesamtschule. Mattis hatte ihn in Verdacht, dass er seine Comedy-Einlagen zu Hause vor dem Spiegel probte, bevor er sie im Bus dem großem Publikum präsentierte – meistens mit Erfolg.

Auch jetzt lachten alle. Mattis zog sich die Stöpsel aus den Ohren. Er gehörte anscheinend zu den Letzten, die mitbekamen, worum es ging. Olaf und Luzie waren eben an der Bushaltestelle zugestiegen. Obwohl der Bus längst weiterfuhr, standen sie immer noch im Mittelgang und knutschten. Das Pärchen ließ sich durch nichts und niemanden stören. Mattis wollte nicht hinsehen, aber irgendetwas zog ihn magisch an. Eine Erinnerung, die plötzlich wie ein Flash in seinem Gehirn explodierte: Stefanie und er. Ihre ersten Küsse im Kino. Stefanies unglaublich weiche Lippen und der Duft ihrer Haut, wie Honig. Damals wäre er fast ohnmächtig geworden vor lauter Glück. Wie lange war das her? Drei Monate? Es fühlte sich an wie drei Jahrzehnte.

»Sehr gut, Leute, ihr macht das super!«, rief Ulli. Er sprang auf und tat so, als würde er das Paar filmen. »Luzie, du kannst dich ruhig noch enger an Olaf kuscheln. Ja, so ist es gut! Und du, Olaf, bitte mehr Errrotik!« Ulli rollte das R übertrieben.

Die Schüler kreischten inzwischen so laut, dass der Busfahrer »Ruhe!« ins Mikrofon brüllte. Er erreichte damit wenig. Immerhin lösten sich Olaf und Luzie voneinander und lächelten ihn entschuldigend an. Dann sahen sie sich wieder tief in die Augen. Olaf spielte mit einer Locke von Luzies schulterlangem, braunem Haar und Luzie schmiegte sich an seine Schulter. Die Begeisterung der Zuschauer erreichte ihren Höhepunkt. So eine Szene gab es nicht oft im Schulbus zu sehen, Privatfernsehen live, erste Reihe und das Ganze auch noch kostenlos.

Mattis drehte den Kopf weg. Sein Bedarf an Liebe war für den Rest der Woche gedeckt. Er kramte in seiner Tasche und stopfte sich einen Kaugummi in den Mund. Dann steckte er sich die weißen Stöpsel in die Ohren. Ausgerechnet jetzt lief ein langsamer, gefühlvoller Song. Ein Liebeslied, darauf konnte er momentan echt verzichten. Als ob es nicht tausend wichtigere Dinge im Leben gab als die Liebe. Genervt wählte Mattis eine Punk-Nummer und ließ sich zudröhnen, bis er merkte, dass Erik und Chrissie, die auf der anderen Seite des Mittelgangs saßen, ihm vorwurfsvolle Blicke zuwarfen.

»'tschuldigung!«, murmelte er und drehte leiser.

Die Ärgerfalte auf Eriks Stirn verschwand. Er nickte Mattis zu und sagte: »Danke.« Dann beugte er sich wieder zusammen mit Chrissie über einen dicken Schmöker.

Mattis beobachtete die beiden. Sie hatten leuchtende Augen und gerötete Wangen. Begeistert tauschten sie sich über die Fotos und Skizzen im Buch aus. Mattis hatte gehört, dass Erik und Chrissie sich schon aus Sandkastenzeiten kannten, und irgendwie hatte er den Eindruck, dass sie dort im Sandkasten sitzengeblieben waren. Damals hatten sie wahrscheinlich über Ritterburgen geredet und heute diskutierten sie über Raumfahrt, aber bis auf das Thema hatte sich bei ihnen nichts geändert. Den Begriff »Flirten« kannten sie höchstwahrscheinlich nur aus dem Wörterbuch.

Mattis merkte, wie er sich wieder entspannte. Es drehte sich gar nicht alles um die Liebe. Es gab eine Welt da draußen, die spannend und schön war, auch ohne Stefanie. Mattis presste seine Nase ans kalte Fenster. Langsam wurde es hell. Der Nebel hatte sich bis auf ein paar Spinnweben, die noch in den Baumkronen am Straßenrand hingen, verzogen. Der Busfahrer setzte den Blinker und fuhr auf den Innenhof des Gymnasiums.

Kaum war der Bus vor der lindgrünen Fassade des Schulgebäudes zum Stehen gekommen, sprangen die Schüler auf und drängten zum Ausgang. Mattis blieb sitzen und sah zu, wie Stefanie nach ihrer Schultasche griff, von einem Apfel abbiss und lachend die Stufen hinabsprang. Für eine Sekunde beneidete er sie. Dass sie keine Tempotaschentücher brauchte. Dass sie sich nicht mit Punk zudröhnen musste. Dass sie nach vorne sah und neugierig darauf war, was die Wundertüte des Lebens noch alles für sie bereithielt.

»Wenn ich das doch auch könnte ...«, murmelte er.

»Was möchtest du können?« Leopold hatte sich die zusammengerollte Zeitung unter den Arm geklemmt und sah ihn fragend an.

Mattis stopfte seinen MP3-Player in die Tasche. »Ist nicht so wichtig.« Er stand auf und klopfte Leopold auf die Schulter. »Komm, jetzt darfst du endlich in die Schule!«

GEHEIMNISSE

Alina und Penelope hatten viele Freundschaftsrituale. Eins davon war, jeden Montag nach der Schule in ihr Lieblingscafé zu gehen. Dort gönnten sie sich immer das Gleiche: heiße Schokolade mit Sahne und Zimt-Muffins. Wenn der erste Hunger gestillt war, redeten sie über all die Dinge, die zu privat für den Schulhof waren. Heute war es wieder so weit. Kichernd stürmten Alina und Penelope das Café.

»Hallo Toni!«, rief Alina der Bedienung hinter dem Tresen zu, einer jungen Frau Mitte zwanzig mit schwarzer Lockenmähne. Sie mochte Toni sehr, weil sie nie gestresst wirkte und ein nettes, offenes Lächeln hatte.

»Hallo ihr zwei.« Toni holte zwei große Becher aus dem Regal. »Wie immer?«, fragte sie und zwinkerte den Freundinnen zu.

»Wie immer«, sagte Penelope. Sie fuhr sich durch die kurzen schwarzen Haare und genoss das Gefühl, ein gern gesehener Stammgast zu sein. Dann musste sie leider ihre Brille abnehmen, die sich nach dem raschen Wechsel von der Kälte draußen zur Wärme drinnen beschlagen hatte, und fühlte sich nicht mehr ganz so cool.

Alina und Penelope schlenderten zu ihrem Lieblingsplatz, einer Sofaecke ganz hinten am Fenster. Sie ließen sich in die weichen Polster sinken und Penelope legte ihre Brille auf dem Couchtisch ab. Leicht verschwommen registrierte sie, dass das

Café Mozart nur halb voll war. Ein paar Studenten und Schüler schlürften ihren Milchkaffee. Dazwischen saßen vereinzelt Omas, die sich in der gemütlichen, leicht angestaubten Atmosphäre wohlfühlten: jede Menge Plüsch, geblümte Vorhänge, Kerzen und an den Wänden Ölgemälde aus Mozarts Geburtsstadt Salzburg.

Während sie auf ihre Bestellung warteten, schob Alina die Ärmel ihres schwarzen Wollpullovers zurück. Es klirrte leise, als sie ihre linke Hand bewegte. Stolz betrachtete sie das silberne Bettelarmband an ihrem Handgelenk. Sonst hatte Penelope immer die tollen Einfälle, aber das Armband war ihre Idee gewesen. Sie hatte es im Schaufenster eines kleinen Geschenkeladens gesehen und sofort gewusst, dass es das ideale Symbol ihrer Freundschaft sein würde. Langsam ließ sie die winzigen Anhänger durch die Hand gleiten: den Anker, das Herz, den Fisch, die Miniaturausgabe des Eiffelturms und das fein geschwungene P für Penelope. Ihre Freundin trug das Gegenstück mit genau den gleichen Anhängern, bis auf den Buchstaben. Statt eines P hatte sie ein A für Alina.

»Silber steht dir übrigens super«, sagte Penelope und setzte ihre Brille wieder auf. »Überhaupt solltest du öfter mal Farben tragen statt immer nur Schwarz.«

»Ich weiß!« Alina seufzte. Penelope hatte ja Recht, aber sie fühlte sich nun mal in Jeans und weiten, schwarzen Oberteilen am wohlsten. Die waren unauffällig und kaschierten ihre breiten Hüften, eine völlig überflüssige genetische Besonderheit, die sie ihrer Mutter zu verdanken hatte. Als einzigen Farbtupfer trug sie manchmal ein buntes Halstuch dazu, das sie farblich mit Penelope abstimmte.

»Zweimal Verwöhnprogramm für die Damen!« Toni stellte lächelnd ein Tablett ab, auf dem heiße Schokolade und Zimt-Muffins standen. »Lasst es euch schmecken – und keine Angst vor den Kalorien! Die Muffins sind aus Quarkteig, ein neues Geheimrezept unseres Chefs. Und die Kekse zur Schokolade sind von mir.«

»Lieb von dir, danke!«, sagte Penelope. »Du verwöhnst uns mal wieder total.« Wenn nur Toni ihre große Schwester gewesen wäre. Stattdessen musste sie sich mit einer siebzehnjährigen Zicke herumschlagen, die ihr ständig unter die Nase rieb, wie unglaublich lästig sie die kleine Schwester fand.

Alina schlürfte genüsslich die Sahne von der Schokolade. »Hmm … lecker!«

Penelope machte sich über ihren Muffin her. In den nächsten fünf Minuten bestand die einzige Kommunikation der Freundinnen aus wohligen Seufzern.

Als auch der letzte Krümel von Alinas Teller verschwunden war, rieb sie sich den Bauch. »War das gut! Aber nächstes Mal nehme ich nur einen Kaffee, schwarz, ohne Zucker.«

Penelope kicherte. »Der Spruch kommt mir irgendwie bekannt vor. Jetzt mal im Ernst. Wie oft soll ich es dir noch sagen: Du bist nicht zu dick!«

Ein Mädchen am Nebentisch hob den Kopf. Ihr blonder Pferdeschwanz schimmerte im Kerzenlicht. Sie hatte ein Glas Wasser und vier Kuchenteller vor sich stehen.

»Geht's vielleicht noch lauter?«, zischte Alina.

»Entschuldige!« Penelope versuchte ein zerknirschtes Gesicht zu machen, was ihr jedoch nicht besonders gut gelang. »Schüchternsein steht dir übrigens noch weniger als Schwarz.

Du bist nicht mehr das kleine Mädchen aus der zweiten Klasse. Weißt du noch, wir beide in der Grundschule? Das war echt ein toller Zufall. Wenn ich nicht mitten im Jahr die Schule gewechselt hätte und deine Banknachbarin nicht gerade krank gewesen wäre, hätten wir uns nie kennengelernt.«

Alina lachte. »An dem Tag hätte ich nie und nimmer gedacht, dass wir beste Freundinnen werden. Ich war so sauer auf dich, weil du dich auf meinem Pult breitgemacht und dir meinen Radiergummi geschnappt hast, ohne mich zu fragen.«

»Und ich fand dich komisch«, erinnerte sich Penelope. »So still und verschlossen.«

»Hör bloß auf!« Alina drohte ihrer Freundin mit der Kuchengabel.

Sie lachten und wurden sofort wieder ernst. Es geschah öfter, dass sie im selben Moment denselben Impuls hatten.

Dann passierten zwei Dinge gleichzeitig: Die Tür des Cafés wurde aufgerissen und Gabriel stürmte mit seiner Fußball-Clique herein. Sie brachten einen Schwall eiskalter Luft mit, der sich mit dem Duft weihnachtlicher Gewürze vermischte. Toni holte gerade ein Blech Lebkuchen aus dem Ofen. Bis zum ersten Advent dauerte es zwar noch eine gute Woche, aber viele Gäste waren jetzt schon in Weihnachtsstimmung und hatten Lust auf Plätzchen.

Alina rutschte nervös auf dem Sofa herum. Erleichtert stellte sie fest, dass Gabriel und seine Freunde sich an einen Tisch am anderen Ende des Cafés setzten. Sie räusperte sich und versuchte das entspannte Gefühl von vorhin zurückzuholen. Es gelang ihr, indem sie Penelope in die Augen sah. Eine Freundin wie sie zu haben war einfach wunderbar. So wunderbar wie Weihnachten, Ostern und Geburtstag zusammen. In all den Jahren waren sie durch dick und dünn gegangen, hatten zusammen geheult und gelacht, sich getröstet, herumgealbert und geschwiegen. Und das Beste daran war, dass es zwischen ihnen nie langweilig wurde.

»Versprichst du mir etwas?«, sagte Alina. »Versprichst du mir, dass nichts und niemand uns jemals auseinanderbringen wird?«

Sie hatte so eindringlich geklungen, dass Penelope sich beinahe an ihrer heißen Schokolade verschluckt hätte. Ruhig sagte sie: »Das wird nicht passieren. Lass uns beide darauf schwören.«

Alina nickte. Sie rutschten an die vordere Sofakante, richteten sich kerzengerade auf und hoben die rechte Hand. Dann murmelten sie so leise, dass nur sie beide es hören konnten: »Ich schwöre, dass nichts und niemand uns jemals auseinanderbringen wird.«

Alina wollte gerade ihre Hand sinken lassen, als Penelope hinzufügte: »Und ich schwöre, dass wir uns immer vertrauen. Wir werden niemals Geheimnisse voreinander haben. – Los, komm! Du auch.«

Alina zögerte plötzlich und spielte nervös mit ihrem Bettelarmband. »Ich kann nicht …«

»Warum denn nicht?« Penelope sah sie erstaunt an.

Alina spürte, wie ihre Wangen sich röteten. Früher war ihr das andauernd passiert, doch inzwischen hatte sie diese Schwäche eigentlich ganz gut im Griff. »Es geht nicht, weil …«, fing sie stockend an. Dann wurde das schlechte Gewissen zu groß und die Worte kamen wie von selbst heraus. »Das geht nicht, weil ich dir etwas verschwiegen hab.«

Penelopes Lippen wurden schmal. Sie rückte ein Stück von ihrer Freundin weg und pickte unsichtbare Krümel von der Tischplatte. »Ich dachte, wir können uns alles erzählen.«

»Das stimmt ja auch!« Alina sah Penelope flehend an. »Es hat überhaupt nichts mit dir zu tun. Es ist nur … es ist mir einfach peinlich.«

»Was denn?« Penelope war wieder laut geworden. Die Blonde am Nebentisch vergaß ihre Kuchengabel in den Mund zu schieben.

»Hast du nichts zu lesen dabei?«, fragte Penelope unwirsch.

»Entschuldige!«, sagte die Blonde sofort. »Ich wollte nicht lauschen oder so.« Dann beugte sie sich schnell über ihre vier Teller.

Penelope zog die Augenbrauen hoch. Das war doch eins der Mädchen, die mit ihnen im Bus fuhr. Aber was machte sie da eigentlich? Entweder war sie verrückt oder sie hatte einen Nebenjob als Restaurantkritikerin. Bisher hatte sie nämlich jeweils nur ein winziges Stück von zwei ihrer vier Kuchen gegessen. Jetzt war die Schwarzwälder Kirschtorte dran. Das Mädchen schloss die Augen, murmelte etwas Unverständliches und ließ den Bissen in Zeitlupe im Mund zergehen. Eindeutig verrückt …

Penelope drehte sich wieder zu Alina um und sah ihre beste Freundin traurig an. »Ich kann dich nicht zwingen es mir zu erzählen«, sagte sie im Flüsterton. »Aber ich hör dir zu, egal wie peinlich die Sache ist.«

Alina knetete ihre Hände. Dann murmelte sie so schnell, dass Penelope es beinahe nicht verstanden hätte: »Ich hab mich in Gabriel verliebt.«

»Warum hast du das nicht gleich gesagt?« Penelope fiel ein Riesenstein vom Herzen. Sie hatte mit etwas Schlimmerem gerechnet: dass Alina ihr Caféritual nicht mehr mochte oder ein neues Hobby ausprobieren wollte – ohne Penelope. Im Vergleich dazu war ihre Liebesbeichte völlig harmlos.

»Du findest es nicht peinlich?«, fragte Alina. Sie rührte in ihrer Tasse, obwohl längst keine heiße Schokolade mehr drin war. »Ich meine, weil jedes zweite Mädchen an der Schule in ihn verliebt ist und ich sowieso keine Chancen habe.«

Penelope schüttelte energisch den Kopf. »Überhaupt nicht. Wieso denn? Außerdem kann es doch gut sein, dass Gabriel dich süß findet. Wer weiß?«

»Vergiss es!«, sagte Alina. »Solche Typen stehen auf den ganz normalen Albtraum: groß, blond, schlank, riesige Brüste und Apfelpo.«

Penelope kicherte. »Glaub ich nicht. Aber egal!« Sie verschränkte die Arme vor der Brust. »Ich bin übrigens beleidigt, weil du mir so eine Neuigkeit erst jetzt erzählst.« Ihr breites Grinsen stand in deutlichem Kontrast zu ihren Worten. »Ich verzeihe dir, aber nur, wenn du mir alles haarklein berichtest. Ich will jedes Detail wissen und damit meine ich auch jedes.«

Alinas Anspannung ließ endlich nach. Sie konnte es sich wieder auf dem Sofa gemütlich machen und kuschelte sich an ein Kissen, das mit einem kitschigen Rosenmuster bedruckt war. »Ich bin so froh, dass du nicht sauer bist! Also …« Sie holte tief Luft und dann erzählte sie, wie alles angefangen hatte, vor einer Woche auf dem Schulhof. Gabriel, der leider nicht in ihre Klasse, sondern in die Parallelklasse ging, war an ihr vorbeigelaufen, weil er seinen Fußball aus einem Gebüsch befreien wollte. Er hatte sie aus Versehen angerempelt, war stehen geblieben und hatte sich bei ihr entschuldigt. Dabei hatte er sie angelächelt und ihr zugezwinkert. In dem Moment war es um sie geschehen: Alina hatte sich Hals über Kopf verliebt.

Penelope hörte mit klopfendem Herzen zu. »Klingt schön …«, murmelte sie und merkte, dass sie fast ein bisschen neidisch wurde. Nicht auf Gabriel, den fand sie nicht halb so cool wie er sich selbst. Sie war neidisch auf das Gefühl, verliebt zu sein. Mit fünfzehn sollte man eigentlich längst einen Jungen getroffen haben, der die Hormone durcheinanderwirbelte. Das Problem war, dass Penelope die meisten Jungs an der Schule einfach nur kindisch fand. Entweder waren sie unreif oder oberflächliche, unsensible Macho-Typen. Zum Glück wusste niemand außer Alina, dass Penelope noch nie verliebt gewesen war.

»Bei dir funkt es bestimmt auch ganz bald!«, sagte Alina, die Penelopes Gedanken erraten hatte. Tröstend legte sie ihre Hand auf den Arm ihrer besten Freundin. Die Bettelarmbänder berührten sich und klirrten leise.

Penelope nickte und musste blinzeln, weil es hinter ihren Augenlidern brannte. Es konnte nur an Weihnachten liegen, dass sie auf einmal so nah am Wasser gebaut war.

Alinas Augen schimmerten auch schon verdächtig, aber sie hatte wenigstens einen vernünftigen Grund dafür: Der hieß Gabriel und stand gerade auf, um mit seinen Freunden lärmend das Café zu verlassen. Alina sah ihm sehnsüchtig nach. Als er verschwunden war, drückte sie Penelopes Hand und ihre Stimme zitterte dabei. »Eins musst du mir versprechen: Du darfst mein Geheimnis niemandem verraten, hörst du? Am allerwenigsten Gabriel.«

Penelope hob zum dritten Mal an diesem Tag die rechte Hand zum feierlichen Schwur. »Ich verspreche es – hoch und heilig!«

Alina sah ihre beste Freundin prüfend an. Dann nickte sie zufrieden und winkte Toni zu. »Zahlen, bitte!«

»Ich zahl dann auch«, sagte das Mädchen am Nebentisch. Ihre vier Kuchen lagen fast unberührt auf den Tellern. Sie hatte von jedem nur ein winziges Stück probiert.

So was wäre Alina nie passiert. Sie hätte bei dieser leckeren Auswahl garantiert nicht widerstehen können und alles bis auf den letzten Krümel aufgegessen. Das war der Unterschied zwischen Mädchen wie ihr und Mädchen wie der Blonden mit dem Pferdeschwanz: Die einen kämpften vergeblich gegen ihr Hüftgold an, die anderen blieben schlank und rank.

Plötzlich stutzte Alina und raunte Penelope zu: »Die kennen wir doch! Ist das nicht das Mädchen aus dem Bus? Die oft hier im Café war, zusammen …«

»… mit ihrem Freund«, beendete Penelope flüsternd den Satz. Eine Sekunde bevor Alina es angesprochen hatte, war es ihr auch wieder eingefallen. Die Blonde und ihr Freund turtelten nicht nur im Bus, sondern auch gerne im *Café Mozart*. Offensichtlich gehörten sie zu den Paaren, die sich nur im äußersten Notfall trennten, zum Beispiel wenn einer zum Zahnarzt musste oder Klavierstunde hatte. Weil es dem Mädchen den Appetit verschlagen hatte, tippte Penelope auf Zahnarzt.

Plötzlich beugte sich die Blonde zu ihrem Tisch herüber. Alina rechnete mit einer fiesen Bemerkung zu ihrer Figur, aber das Mädchen sagte etwas völlig Überraschendes: »Männer kommen und gehen, Freundinnen bleiben für immer. Ich wünsch euch beiden viel Glück!«

»Äh … d…danke, dir auch!«, stammelte Alina.

Die Blonde legte lächelnd einen Geldschein auf den Tisch,

stand auf und verschwand. Sie ließ einen Hauch von Vanilleparfum zurück und zwei Freundinnen, die plötzlich ein unsichtbares Band spürten, das Millionen von Mädchen und Frauen auf dieser Welt miteinander verknüpfte. Es war nur ein Augenblick, so kurz wie ein Wimpernschlag. Als Toni an ihren Tisch trat, hatte er sich bereits verflüchtigt. Trotzdem wussten Alina und Penelope, dass sie ihn nie vergessen würden.

TRAUMTYP VOM UNIVERSUM

»Warum hab ich bloß auf dich gehört, Janine!« Marie bürstete energisch ihre langen blonden Haare, bis sie knisterten. »Jeder darf so viele Freunde und Bekannte mitbringen, wie er will?! Das ist doch Wahnsinn! Was mache ich bloß, wenn die halbe Stadt zu meiner Geburtstagsparty kommt?«

»Keine Angst, das passiert schon nicht«, sagte Janine, während sie seelenruhig ihre Wimpern in einem Grünton tuschte, der perfekt zu ihrer roten Kurzhaarfrisur passte. »Und selbst wenn: Das würde die Megaparty des Jahres werden, von der noch in einem Jahr die ganze Schule spricht.«

»Und alle werden dich cool finden!« Viviane zupfte nervös an ihrem Partyoutfit. Das Glitzershirt mit dem Pferdekopf war vielleicht doch die falsche Wahl gewesen. In Kombination mit ihren Sommersprossen und der Stupsnase sah sie aus wie eine Zehnjährige. Und leider hatte die Erfahrung gezeigt, dass nicht jeder ihre Leidenschaft fürs Reiten teilte, besonders Jungs nicht. Warum das so war, blieb ihr nach wie vor ein Rätsel.

Marie sah ihre Freundinnen aus dem Schwimmverein skeptisch an. Sie hatten sich eine halbe Stunde vor der Party bei ihr getroffen, um sich gemeinsam zu stylen.

»Meint ihr wirklich?«, fragte sie.

»Jahaaa!«, riefen Janine und Viviane gleichzeitig.

Marie lachte. Natürlich hatte sie nichts dagegen cool zu sein. Trotzdem bereute sie ihre Entscheidung. Sie plante gern alles ganz genau, egal ob es um die nächste Klassenarbeit ging oder um ein Date. Ursprünglich hatte sie auch ihren fünfzehnten Geburtstag bis ins letzte Detail vorbereiten wollen, sich aber in einer schwachen Minute von Janine zur großen Party mit Überraschungsgästen überreden lassen. Und darum hatte sie jetzt das äußerst beunruhigende Gefühl, die Kontrolle zu verlieren.

Janine stopfte ihre Schminkutensilien in das schwarze Täschchen, das sie immer dabeihatte. »Also ich bin fertig! Wie steht's bei euch?«

»Ich bin auch so weit«, sagte Marie. Sie warf einen letzten prüfenden Blick in den Badezimmerspiegel. Der neue Jeans-Minirock und die schwarze Strumpfhose, die sie von ihrer Mutter geschenkt bekommen hatte, betonten ihre langen Beine. Und das silberne Top brachte ihre blauen Augen zum Leuchten. Bis auf ihre Lieblingskette mit dem Kreuz hatte sie auf Schmuck verzichtet. Marie lächelte. Sie fand sich schön.

Viviane hakte sich bei Marie unter. Sie hatte beschlossen sich um ihr Shirt keine Gedanken mehr zu machen und war in Partylaune. »Dann nichts wie los!«

Die Freundinnen verließen kichernd das Bad und rannten die Treppe hinunter. Das letzte Stück lief Marie voraus. Stolz öffnete sie die Tür zum Keller, den ihr Vater normalerweise als Hobbyraum benutzte. Es hatte drei schweißtreibende Stunden Arbeit gekostet, den kahlen, nüchternen Raum in einen hippen Partykeller zu verwandeln. Der Aufwand hatte sich gelohnt. Die Wände verbreiteten dank pinkfarbener Klebefolie aus dem Baumarkt gute Laune. Die Werkzeuge in den Regalen hatten einem kalten Büfett Platz gemacht. Auf einem Extratisch wartete Maries Laptop mit ihrer persönlichen Zusammenstellung von

Partysongs. Und auf dem Boden waren bunte Sitzkissen ausgebreitet.

»Wow!«, rief Janine. »Du bist echt unglaublich, Marie!«

Viviane pfiff begeistert durch die Zähne. »Wie hast du das bloß geschafft?«

Marie winkte lächelnd ab. »Ach, das war doch nicht schwer. Viel schwerer war es, meine Eltern zu überreden heute Abend wegzubleiben. Möchtet ihr was trinken? Ich hab Biolimonade da, oder wollt ihr lieber einen Saft? Kirsche, Maracuja, Ananas?« Sie zeigte auf die fein säuberlich aufgestellten Flaschenreihen. Alkohol gab es auch, aber den hatte sie hinter einem Vorhang versteckt, falls ihre Eltern überraschenderweise früher zurückkamen.

»Äh … ich weiß noch nicht«, sagte Viviane, die von der großen Auswahl überfordert war. Janine wollte eine Biolimonade. Als Marie zischend die Flasche öffnete, klingelte es oben an der Haustür. »Die ersten Gäste sind da!« Marie drückte Janine die Flasche in die Hand, stürmte die Treppe hoch und machte auf.

Erst sah sie unter dem breiten Dach des Carports nur einen riesigen Blumenstrauß, dann tauchte dahinter ein lachender Blondschopf mit roter Pappnase auf. »Happy birthday to you, happy birthday to you, happy birthday, Mariiieee, happy birthday to you!«, sang Ulli aus voller Kehle und absichtlich schräg.

Das fängt ja gut an, dachte Marie. Sie hatte Ulli nicht eingeladen. Er war eine Jahrgangsstufe über ihr, aber natürlich kannte sie ihn vom Schulhof. Das ließ sich bei seiner extrovertierten Art nicht vermeiden.

Sie tat so, als würde sie sich freuen, und nahm den Blumenstrauß entgegen. »Danke, danke! Aber jetzt komm rein, bevor die Nachbarn die Polizei rufen.«

»Ich liebe die Polizei!« Ulli schlug die Hacken zusammen. »Die Polizei, dein Freund und Helfer. Hey, wollen wir sie anrufen? Vielleicht möchten sie ja mitfeiern.« Er drehte sich zu Olaf um, den Marie jetzt erst bemerkte. Obwohl Olaf ihn um mindestens zwei Kopflängen überragte, schaffte Ulli es, sich dessen Handy zu schnappen.

»Bloß nicht!«, sagte Marie entsetzt und fragte sich, seit wann Olaf mit Ulli befreundet war. Die beiden waren in derselben Jahrgangsstufe, aber sie passten ungefähr so gut zusammen wie die Schöne und das Biest, wobei die Schöne in diesem Fall männlich war.

»Vorsicht, Witz-Alarm!«, rief Ulli und lachte schallend.

Marie hätte es sich eigentlich denken können, aber Ulli war so verrückt, dass sie ihm fast alles zutraute. »Hab schon kapiert, sehr lustig.« Dann begrüßte sie Olaf, ihren ersten offiziellen Gast. »Hi! Schön, dass du da bist. Hast du Luzie nicht mitgebracht?«

Olafs Mundwinkel wanderten nach unten. »Ihr geht es nicht so gut. Kopfweh …«

»Schade«, sagte Marie, war aber nicht wirklich enttäuscht. Mit Olafs Freundin wurde sie irgendwie nicht richtig warm, obwohl sie zusammen im Schwimmverein trainierten. Vielleicht lag es daran, dass Luzie zu jedem übertrieben nett war und mit allen befreundet sein wollte. Nein, wenn Marie ehrlich war, hatte es damit zu tun, dass sie selbst mal mit Olaf zusammen gewesen war. Nur zwei Wochen, und das Ganze lag auch schon über ein Jahr zurück. Trotzdem musste sie immer daran denken, wenn sie Olaf und Luzie sah.

Olaf drückte ihr eine CD in die Hand. »Da sind Songs aus deinem Geburtsjahr drauf«, murmelte er. »Hab ich für dich zusammengestellt. Ist nichts Besonderes.« Er strich sich die langen braunen Haare noch tiefer ins Gesicht, bis sie beide Augen bedeckten. Die Frisur hatte er sich nach ihrer Trennung zugelegt und Marie wunderte sich manchmal, dass er beim Gehen nicht dauernd stolperte.

Sie bedankte sich und ließ die Jungen rein. Kaum hatte sie die Haustür zugemacht, klingelte es wieder. »Geht doch schon nach unten«, sagte sie zu Ulli und Olaf.

Der nächste Gast war Gabriel. Den hatte Marie eingeladen, weil Janine meinte, der coolste Junge an der Schule dürfte auf keinen Fall fehlen, sonst wäre es keine Megaparty.

Gabriel stand alleine da, die Arme hinter dem Rücken verschränkt. »Alles Gute! Du, ich hab kein Geschenk dabei. Ist doch nicht schlimm, oder?« Er schenkte Marie sein verschlafenes Lächeln.

»Kein Problem«, sagte Marie und lächelte zurück. Gabriel sah heute wieder unverschämt gut aus und das wusste er leider auch. Ansonsten wäre sie wahrscheinlich längst schwach geworden bei ihm.

»Dafür hab ich dir was anderes mitgebracht.« Gabriel grinste verschmitzt. Dann zückte er eine Trillerpfeife und blies hinein. Plötzlich schoss eine Horde Jungs hinter der Hausecke hervor. Es waren so viele, dass Marie sie nicht zählen konnte.

»Darf ich vorstellen? Die Fußballkumpels aus meinem Verein«, sagte Gabriel.

»Ist ja ... äh ... super«, murmelte Marie. »Die Party findet unten im Keller statt.«

Das ließen sich die Jungs nicht zweimal sagen. Grölend verschwanden sie im Flur. Marie lehnte sich an die Hauswand. Draußen war es eisig, aber ihre Stirn glühte. Wenn das mal gut ging!

Und dann kamen die Gäste Schlag auf Schlag. Zum Glück hatten nicht alle eine komplette Fußballmannschaft im Schlepptau. Erst eine halbe Stunde später kehrte Marie in den Partykeller zurück. Der war gut gefüllt, platzte aber erstaunlicherweise noch nicht aus den Nähten. Maries Körpertemperatur kehrte in den normalen Bereich zurück. Sie startete das Musikprogramm, packte ihre Geschenke aus und freute sich über die vielen schönen Sachen.

Janine und Viviane hatten zusammengelegt und ihr einen neuen Bikini gekauft, schwarz mit weißen Streifen, genau ihr Geschmack. Von Alina bekam sie eine Schachtel Pralinen. Stefanie, die Nachbarin von der anderen Straßenseite, überraschte sie mit einer Duftkerze. Ansonsten bekam Marie viele Bücher, vor allem von den Gästen, die sie nicht kannte. Fiona, ein unauffälliges Mädchen im romantischen Blumenkleid, das viel zu dünn für die Jahreszeit war, schenkte ihr einen kitschigen Liebesroman, den sie garantiert nie lesen würde. Und von Leopold, einem Typen mit markanter schwarzer Brille und schwarzem Rolli, bekam sie einen Politkrimi, der vermutlich staubtrocken war und dasselbe Schicksal erleiden würde wie der Kitschroman.

Nachdem Marie die Berge von Geschenkpapier und Schleifen entsorgt hatte, holte sie sich einen Saft und mischte sich unter die Gäste. Die Stimmung wurde immer besser. Die Getränkeflaschen leerten sich und vor allem Gabriels Freunde plünderten das Büfett. Marie war froh, dass sie die Mengen äußerst großzügig bemessen hatte. Sie selbst war nicht hungrig und aß nur ein paar Bissen, während sie sich unterhielt. Noch nie hatte sie so viele völlig verschiedene Menschen in einem Raum gesehen. Im normalen Leben hätte dieser Leopold garantiert nie ein Wort mit Gabriel gewechselt. Heute Abend jedoch stand er mit ihm und ein paar anderen Jungs zusammen und diskutierte leidenschaftlich über die Chancen der Nationalmannschaft bei der nächsten Weltmeisterschaft. Marie musste grinsen. Vielleicht war Janines Idee doch nicht so schlecht gewesen.

Dann kam Maries Lieblingslied und plötzlich kribbelte es in ihren Beinen. »Los, lass uns tanzen!«, sagte sie zu Janine und Viviane.

Zu dritt eroberten sie die improvisierte Tanzfläche. Jetzt zeigte sich, dass sie nicht nur beim Schwimmen ein eingespieltes Team waren. Sie kreisten synchron mit den Hüften und hoben die Arme mit Schlangenbewegungen über die Köpfe. Ihre spontan ausgedachte Choreografie kam so gut an, dass die anderen ihre Gespräche unterbrachen und begeistert im Takt mitklatschten.

Doch Marie, Janine und Viviane blieben nicht lang alleine auf der Tanzfläche. Bald waren fast alle dabei. Ulli fiel natürlich wieder aus der Rolle. Seine Bewegungen sahen aus wie Karateschläge, er keuchte und rief dauernd: »Hu!«, »Ha!« Marie hoffte, dass ihm bald die Puste ausging, sonst würde der Abend nicht ohne Verletzte enden. Aber irgendwie sah sein Tanzstil auch komisch aus und sie musste lachen. Dann fiel ihr auf, dass Alina verloren am Büfett herumstand. Marie tanzte mit viel Sicherheitsabstand an Ulli vorbei zu ihrer Mitschülerin hinüber. Üblicherweise tauchten Alina und Penelope bei jeder Party paarweise auf, darum wirkte Alina jetzt wie ein siamesischer Zwilling, der brutal von seiner Schwester getrennt worden war.

»Wo ist denn Penelope?«, fragte Marie.

»Die ist krank«, sagte Alina. »Hat Fieber und liegt zu Hause im Bett, die Arme.« Dabei machte sie ein Gesicht, als ob sie selber gleich krank werden würde.

Marie versuchte sich nicht anmerken zu lassen, dass sie Alinas Reaktion reichlich übertrieben fand. Beste Freundin hin oder her, das war noch lange kein Grund, Trübsal zu blasen. »Hey, komm, tanz auch mit!«, sagte sie. »Ohne dich macht es keinen Spaß.«

Alina zögerte kurz, dann gab sie sich einen Ruck und ließ sich von Marie auf die Tanzfläche ziehen. Nach den ersten, unsicheren Schritten taute sie schnell auf. Die Musik gefiel ihr und sie hob lachend die Arme.

»Hab ich's dir nicht gesagt?«, brüllte Janine kurz darauf Marie ins Ohr. »Das wird die Megaparty!«

»Ja, ja!«, brüllte Marie zurück. Genau so hatte sie sich ihren Geburtstag vorgestellt. Alle waren glücklich, alles lief perfekt.

Die nächste Musiknummer war wieder ruhiger. Ein Lovesong. Marie sah, wie Olaf in seiner Ecke gequält die Augen schloss. Er vermisste bestimmt Luzie. Auch Alina hatte sich wieder von der Tanzfläche zurückgezogen. Aber ansonsten fanden die Pärchen sich wie von selbst, tanzten Wange an Wange, schmusten ein bisschen miteinander. Gabriel hatte sich eine unbekannte Schönheit mit schwarzen Haaren geangelt und hielt sie so eng umschlungen, dass Marie sich ernsthafte Sorgen um ihre Sauerstoffzufuhr machte.

Marie war heiß geworden. Sie beschloss eine kleine Pause einzulegen und sich ein Wasser zu holen. Mit dem Glas in der

Hand stellte sie sich an den Rand der Tanzfläche und beobachtete die flirtenden Pärchen. Auf einmal wurde sie wehmütig. Ihr Geburtstag war doch noch nicht ganz perfekt. Eine Sache fehlte noch, der Höhepunkt sozusagen. Und den hatte Marie zum Glück bis ins letzte Detail geplant.

»Ich geh mal kurz raus frische Luft schnappen«, rief sie Janine und Viviane zu. Die wollten sie begleiten, aber Marie wehrte ab. Für das, was sie vorhatte, musste sie alleine sein.

Marie bahnte sich einen Weg durch die Gäste. Als sie die Tür aufmachte und ihr ein frischer Luftschwall entgegenkam, merkte sie erst, wie stickig es im Partykeller geworden war. Eigentlich kein Wunder bei den insgesamt achtundzwanzig Gästen, die sie gezählt hatte. Marie lief die Treppe hoch und schnappte sich ihren Daunenanorak von der Garderobe im Flur. Als sie die Hände in den Taschen vergrub, knisterte es rechts verheißungsvoll. Es war nur ein kleines Stück Papier, das Marie vorher hineingesteckt hatte, aber wenn alles glattging, würde es ihr ganzes Leben verändern.

Marie trat in den Vorgarten neben dem Carport. Die Kälte draußen war wie ein missglückter Sprung vom Zehnmeterbrett, wie der Moment, wenn der Körper gnadenlos hart aufs Wasser prallt. Marie hielt kurz die Luft an. Dann versuchte sie so normal wie möglich weiterzuatmen. Nach ein paar Minuten hatte sie sich an die Minusgrade gewöhnt und legte den Kopf in den Nacken. Was für eine wundervolle Nacht! Keine Wolke am Himmel, kein Nebel, kein Regen. Die Bäume im Garten standen ruhig da, wie uralte Wächter, die Marie beschützten. Hoch über ihren Kronen spannte sich ein tiefschwarzes Zeltdach voller Sterne. Glitzernde Diamanten, aufgereiht zu endlosen, filigranen Ketten. Marie breitete die Arme aus. Dieser magische Moment gehörte ihr ganz alleine. Sie war ein Teil der Nacht, ein Teil des Himmels und der Erde. Sie konnte sie spüren und sehen, hören und riechen. Vielleicht war es in Wirklichkeit sogar so, dass es die Welt da draußen gar nicht gab, sondern dass sie nur in ihr existierte, in ihrem Körper. Und wenn es so war, dann konnte Marie in diese Welt eingreifen, sie mit ihren Gedanken und Träumen verändern. Sich ihren ganz persönlichen Geburtstagswunsch beim Universum bestellen.

Eine Sternschnuppe fiel vom Himmel und sprühte einen Funkenregen voller Freude in Maries Herz. Mit zitternden Fingern holte sie den Zettel aus ihrer Anoraktasche und faltete ihn auf. Es war eine Liste, die sie im Laufe des letzten Jahres geschrieben hatte. Nach und nach waren immer neue Punkte dazugekommen. Jetzt war die Liste vollständig. Marie räusperte sich. Ihre Stimme war belegt, als sie halblaut zu lesen begann.

Ich wünsche mir, dass ich mich endlich wieder verliebe. Kein Flirt, keine flüchtige Zwei-Wochen-Beziehung, sondern diesmal richtig, mit ganzem Herzen. Und so soll er sein, mein Traumtyp:

1. *Groß, schlank, mit einem tollen Körper, den er aber nicht dauernd zur Schau stellen muss.*
2. *Warme braune Augen, in denen ich versinken kann.*
3. *Braune Haare. Blond bin ich selber.*
4. *Humorvoll, aber kein pseudocooler Sprücheklopfer wie Gabriel*
5. *Sportlich, ein guter Schwimmer. Wenn er auch im Schwimmverein trainiert, wäre es toll (muss nicht unbedingt sein).*
6. *Warmherzig und sensibel. Beide Eigenschaften sollte er auch zeigen können.*

7. *Auch wenn das langweilig klingt: Er sollte ordentlich sein. Ich halte nichts von dem Spruch: »Nur ein Genie beherrscht das Chaos.«*

8. *Er darf mich gerne mit Geschenken überraschen, aber nicht mit spontanen Änderungen der Wochenendplanung.*

9. *Zärtlich!*

10. *Treue ist für ihn nicht nur ein Wort.*

11. *Inspirierend. Er könnte malen oder fotografieren oder ein anderes spannendes und kreatives Hobby haben.*

12. *Ich bin für ihn kein Snack für zwischendurch, sondern die ganz große Liebe.*

Marie ließ das letzte Wort »Liebe« auf der Zunge zergehen. Dann steckte sie den Zettel ein und starrte wieder in den Sternenhimmel. »Ich hätte gern, dass mein Wunsch noch vor Weihnachten in Erfüllung geht«, murmelte sie. »Schick mir ein Zeichen, liebes Universum, wenn es so weit ist, damit ich meinen Traumtypen nicht verpasse …« Marie kam ins Stocken. War das nicht viel zu ungenau, »irgendein Zeichen«? Blitzschnell korrigierte sie: »Sobald der erste Schnee fällt, wird er kommen.«

Marie breitete die Arme aus und schickte ihren Wunsch in die sternenklare Nacht hinaus. Plötzlich spürte sie eine tiefe Ruhe in sich. Sie wusste, dass es klappen würde. Nicht nur, weil sie schon ein paarmal kleinere Bestellungen beim Universum aufgegeben hatte, die jedes Mal prompt erfüllt worden waren (zum Beispiel hatte sie sich einen freien Platz in einem überfüllten Café gewünscht). Sondern vor allem, weil heute die gleiche Sternenkonstellation wie vor fünfzehn Jahren war, als sie geboren wurde.

Der Wind frischte auf und wirbelte um ihre Beine in den viel zu dünnen Strumpfhosen. Der magische Augenblick war vorüber. Marie merkte wieder, wie eiskalt es draußen war. Fröstelnd zog sie die Schultern hoch und flüchtete ins Haus. Jetzt musste sie ihren Wunsch nur noch ganz schnell vergessen und loslassen, das war die einzige Bedingung, die an solche Bestellungen geknüpft war, zumindest hatte sie das in einem Buch gelesen.

Im Flur kam ihr Viviane entgegen. »Sag mal, wo bleibst du denn? Janine wollte schon die Geburtstagstorte ohne dich anschneiden.«

»Das soll sie schön bleibenlassen«, rief Marie. »Ich komme!«

KATZENAUGEN

Olaf wusste, dass die Wissenschaft im Laufe der Jahrhunderte so ziemlich alle großen Rätsel der Menschheit gelöst hatte: die Zusammenhänge zwischen Raum und Zeit, die Auswirkungen der Schwerkraft auf den Menschen und Phänomene wie Ebbe und Flut oder Vulkanausbrüche. Nur bei einem Rätsel hatte die Wissenschaft bisher versagt: Keiner wusste, was sich im Gehirn von Mädchen und Frauen tatsächlich abspielte. Warum sie stundenlang über Gefühle reden wollten. Warum sie immer zu zweit aufs Klo gingen. Warum sie in einer Minute lachten und in der nächsten Minute plötzlich losheulten. Seit Olaf mit Luzie zusammen war, ahnte er, dass dieses Rätsel wohl auch in den nächsten Jahrhunderten nicht gelöst werden würde, zumindest nicht von ihm und garantiert nicht an diesem Abend.

»Wird bestimmt 'ne coole Party«, sagte er, während er im Zimmer seiner Freundin auf und ab tigerte und darauf wartete, dass sie endlich fertig wurde.

»Weiß nicht«, sagte Luzie. Auf ihrem Bett türmte sich ein Berg Jeans, die alle gleich aussahen. Luzie konnte sich trotzdem nicht entscheiden, welche sie anziehen sollte.

Olaf zeigte auf die erstbeste Hose, die ihm ins Auge fiel. »Nimm doch die da«, schlug er vor. »Die sieht toll aus.«

»Weiß nicht«, sagte Luzie.

Olaf startete einen zweiten Versuch. »Oder wie wär's mit der schwarzen? Die ist doch super.«

»Weiß nicht«, sagte Luzie wie ein Automat, der nur zwei Worte ausspucken konnte. Sie sank neben dem Kleiderberg aufs Bett und wickelte eine dunkelbraune Haarlocke um ihren Finger.

Olaf fand ihre Locken wunderschön. Das Lockendrehen fand er nicht ganz so schön, weil er wusste, dass Luzie es nur tat, wenn sie schlecht drauf war.

Nervös warf er einen Blick auf seine Armbanduhr. Maries Party ging zwar erst in einer Stunde los, aber er wollte nicht zu spät kommen. Marie konnte Unpünktlichkeit nicht leiden. Er hatte sich gefreut, dass sie ihn eingeladen hatte. Er mochte Marie immer noch, obwohl sie nicht mehr zusammen waren und er natürlich längst kein Herzklopfen mehr bekam, wenn er sie sah. »Kannst du dich vielleicht ein bisschen beeilen?«, fragte er vorsichtig.

»Hmmm ...«, machte Luzie und starrte auf den Boden. Dort lagen wild durcheinander Tops, T-Shirts, die sie teilweise selbst bemalt hatte, Schuhe, Socken und Gürtel. Ein buntes Chaos, das in seltsamem Kontrast zu Luzies Zimmer stand, in dem alles perfekt aufeinander abgestimmt war. Teppiche, Vorhänge, Bilder: Luzie hatte alles selbst gemacht und sich dabei auf ihre Lieblingsfarben Türkis und Sonnengelb konzentriert.

Auch sonst war Luzie komisch heute. So wortkarg. Das kannte Olaf gar nicht bei ihr. Und kühl. Sie hatte ihm nicht mal einen richtigen Begrüßungskuss gegeben. Vielleicht hatte sie ihre Tage bekommen. Ja, das musste es sein. Ansonsten gab es wirklich keinen Grund, schlecht gelaunt zu sein. Im Gegenteil. Vor drei Tagen hatten sie das erste Mal miteinander geschlafen. Olaf wurde jetzt noch heiß, wenn er daran dachte. Es war auch für ihn das erste Mal gewesen und tausendmal besser, als er es sich vorgestellt hatte. Wie im Cockpit des Airbus 380 beim Startmanöver. Wie Fallschirmspringen oder Achterbahnfahren. Nervenkitzel pur. Er war noch nie gut in Vergleichen gewesen. Und ihm wurde schon schlecht, wenn er eine Achterbahn aus hundert Metern Entfernung sah. Egal. Jedenfalls war es super gewesen. Und wahrscheinlich gab es sowieso keinen passenden Vergleich für Sex.

Luzie saß immer noch wie festgewachsen auf ihrem Bett. Sie betrachtete die Kleiderberge, sie warf Olaf einen kurzen Blick zu und dann sagte sie plötzlich: »Eigentlich hab ich keine Lust auf Party.«

Olaf sah Luzie fassungslos an. »Was, wieso denn nicht?« Er konnte verstehen, wenn jemand keine Lust auf Hausaufgaben hatte, auf Sport oder auf Urlaub mit den Eltern. Aber auf eine Party zu gehen war für ihn wie Pizza. Sie konnte noch so schlecht sein, er stürzte sich trotzdem jedes Mal mit Heißhunger darauf.

»Wieso? Mir ist nicht danach, das ist alles.« Luzie wickelte schon wieder eine Locke um ihren Finger.

Natürlich war das längst nicht alles. Hinter diesen scheinbar harmlosen Worten verbarg sich eine Flut von unausgesprochenen Problemen, die sofort aus Luzie heraussprudeln würden, sobald Olaf die gefährliche Frage stellte: »Geht's dir nicht gut?« Aber eher würde er sich auf die Zunge beißen, als das zu tun.

»Hey, spring über deinen Schatten!«, sagte er stattdessen. »Du tanzt doch so gern. Und deine Freundinnen aus dem Schwimmverein sind auch alle da. Die können es bestimmt kaum erwarten, dich zu sehen.«

Luzie schüttelte müde den Kopf. »Ich kann das nicht. Geh

ohne mich.« Zum Beweis, dass sie es ernst meinte, stand sie auf, packte den Jeansberg und warf ihn in den Schrank.

Als sie die Arme wieder frei hatte, nahm Olaf ihre Hände und legte sie sich um den Hals. Dann knabberte er an Luzies Ohrläppchen. Sie hatte ihm mal verraten, dass sie das besonders gern mochte. »Bitte, Süße, komm mit!«

»Lass das!« Luzie wand sich aus seiner Umarmung und ging hinüber zum Schreibtisch. Dort blieb sie mit dem Rücken zu ihm stehen und starrte zum Fenster hinaus. Draußen gab es rein gar nichts zu sehen, nur die graue Fassade des Hauses auf der gegenüberliegenden Straßenseite.

Olaf wurde wütend. Er hatte wirklich alles versucht, jetzt reichte es. Sollte Luzie doch zu Hause in ihrer schlechten Laune schmoren, bis sie schwarz wurde. »Na gut, dann geh ich eben alleine«, murmelte er genervt.

»Viel Spaß.« Luzies Stimme kam direkt aus dem Gefrierschrank.

Olaf schüttelte frustriert den Kopf. Luzies Zimmer war wie ein Käfig, ihre Worte wie Handschellen, fehlten nur noch die Gitterstäbe an den Fenstern. Stumm drehte er sich um, haute ab und lief die Treppe hinunter, hinaus in die Freiheit.

Ohne auf den Weg zu achten, lief er die Straße entlang. Zwei Blocks weiter wurde ihm klar, dass er die falsche Richtung eingeschlagen hatte. Stöhnend blieb er stehen. Luzie hatte es geschafft. Jetzt hatte er auch keine Lust mehr, auf Maries Party zu gehen und den verliebten Pärchen beim Knutschen zuzusehen. Außerdem hasste er es, alleine unterwegs zu sein. Sollte er nach Hause? Nein, den Triumph gönnte er Luzie nicht.

Olaf zog sein Handy aus der Hosentasche und zappte durch

seine Kontakte. Bei einem Namen blieb er hängen. Im Normalfall wäre er nie auf die Idee gekommen, Ulli anzurufen. Bei den Redaktionssitzungen der Schülerzeitung fand er ihn extrem anstrengend, weil er sich ständig in den Mittelpunkt drängte. Aber heute war Ulli genau der Richtige. Jemand, der jeden Tag herumlief, als ob er einen Clown verschluckt hätte, würde ihn ablenken.

»Hi Ulli? Ich wollte mal testen, wie spontan du bist.« Dann erzählte Olaf von Maries Party und dass er einen Freund mitbringen konnte.

Ulli ließ ihn kaum ausreden. »It's partytime, it's partytime«, trällerte er los. »Bin schon unterwegs. Muss nur noch an der Tanke Blumen kaufen.«

Eine halbe Stunde später, als Ulli sein grottenfalsches Geburtstagsständchen zum Besten gab, hätte Olaf sich am liebsten auf einen anderen Planeten gebeamt. Mann, war das peinlich! Dann riss ihm dieser Clown auch noch das Handy aus den Fingern und faselte was von Polizei. Nach Maries Gesichtsausdruck zu urteilen überlegte sie, ob sie Olaf die Rote Karte geben oder ihn gleich erwürgen sollte. Er musste ihr irgendwie erklären, dass Ulli nur eine Notlösung gewesen war, aber er hatte keine Ahnung, wie er das anstellen sollte. Stattdessen versuchte er unter Maries bohrendem Blick mit total albernen Verrenkungen sein Handy wiederzukriegen.

Und dann kam es noch schlimmer. Marie fragte nach Luzie. Hätte er sich ja denken können. Krampfhaft suchte er nach einer Ausrede. Kopfweh war gut, das ging immer. Zum Glück nahm Marie ihm die Lüge ab, obwohl er garantiert rot geworden war.

Er war heilfroh, als sie zurück zur Tür musste, um die nächsten Gäste reinzulassen.

Olaf ging mit Ulli den Flur entlang, da hatte Ulli mal wieder eine seiner wahnsinnig witzigen Ideen. Er nahm seine rote Pappnase ab und setzte sie Olaf auf.

»Lass den Quatsch!«, schimpfte Olaf und riss sich das Teil herunter. Spätestens jetzt wusste er, dass er die falsche Entscheidung getroffen hatte. Ulli machte aus einem verkorksten Abend einen Katastrophenabend. Olaf drückte ihm die Pappnase in die Hand, ließ ihn stehen und rannte die Treppe zum Keller hinunter.

Als er die Tür aufmachte, stand er in einem kitschig-rosa Albtraum, der ihn an Barbies Welt erinnerte. Maries Geschmack hatte er schon damals gewöhnungsbedürftig gefunden, als sie noch ein Paar gewesen waren. Maries Freundinnen leider auch. Viviane mit ihrem Pferdetick fand er einfach nur kindisch und Partygirl Janine hatte wie immer viel zu viel Make-up im Gesicht. Am liebsten wäre Olaf sofort wieder umgekehrt, aber dafür war es jetzt zu spät.

»Hi, da bin ich«, sagte er und kam sich vor wie ein Idiot.

Janine und Viviane tauschten einen amüsierten Blick. Dann kicherten sie los. Olaf starrte auf seine Turnschuhe. Er konnte sie nicht wirklich sehen, weil seine Haare im Weg waren, aber das war ihm egal. Hauptsache, er hatte Sichtschutz.

Da schneite Ulli herein. »Hier ist ja schon richtig tolle Stimmung. Hallo, Mädels!« Er grinste Janine und Viviane an, die ihren Kicheranfall abrupt beendeten und verlegen schwiegen. Ulli ließ sich davon nicht weiter stören. Er sah sich im Partykeller um. Dann kratzte er sich hinterm Ohr. »Hört ihr was?

Ich nicht. Kann es sein, dass ihr noch einen DJ braucht? Falls es sich noch nicht herumgesprochen hat: Ich bin der beste DJ der Stadt.«

Janine lächelte, als ob sie statt Biolimonade Zitronensaftkonzentrat getrunken hätte. »Danke, aber wir sind gut versorgt.«

»Echt?«, fragte Ulli, ohne die Spur beleidigt zu sein. »Na, dann hole ich mir mal was zu essen. Sieht ja total lecker aus.« Er griff sich einen Teller und bediente sich am Büfett. »Komm, Olaf. Hauen wir rein!«

Obwohl Olaf keinen Hunger hatte, nickte er. So war er wenigstens beschäftigt. Er nahm sich vom Nudel- und Kartoffelsalat, da tippte ihm Janine auf die Schulter. »Was möchtest du trinken?« Ihre Hand blieb wie zufällig auf seiner Schulter liegen. Als er sich umdrehte, war ihr Gesicht ganz nah und er musste ihr in die Augen sehen. Sie waren grün. Eine intensive, faszinierende Farbe.

Olaf räusperte sich. »Äh … keine Ahnung.«

Janine zwinkerte ihm zu. »Ich mix dir was. Lass dich überraschen.«

»Okay«, sagte Olaf und musterte sie verstohlen, während sie geschäftig mit den Flaschen hantierte. Das schwarze Minikleid aus Wolle stand ihr gut. Es war hochgeschlossen, aber so eng geschnitten, dass es Janines Figur betonte. Und sie hatte eine tolle Figur, das musste er ihr lassen.

»Na, Kumpel? Was liegt an?«, fragte Ulli. Er hatte Olafs Blicke bemerkt und grinste von einem Ohr zum anderen.

»Gar nichts«, sagte Olaf abweisend und ging mit seinem Kopf wieder auf Tauchstation.

Kurz darauf gab Janine ihm ein hohes Glas mit einer blauen,

undefinierbaren Flüssigkeit, in der Eiswürfel herumschwammen. Olaf nahm es, ohne nach den Bestandteilen des Cocktails zu fragen, und trank es in einem Zug aus. Das Zeug schmeckte widerlich.

Janine lächelte glücklich. »Möchtest du vielleicht noch einen?« Bevor er protestieren konnte, nahm sie ihm das Glas weg und ging zum Büfett.

Dann stürmten Gabriel und seine Freunde den Partykeller. Für einen Moment ähnelte der Raum einer Fußballer-Umkleide. Olaf nutzte die Gelegenheit, um sich mit seinem Teller auf ein Sitzkissen zu verkrümeln. Kaum saß er, tauchte Janine mit dem zweiten Drink auf und auch den trank er auf ex. Danach wurde ihm schwindelig. Vivianes Pferd schien über ihr T-Shirt zu galoppieren. Janines Augen leuchteten noch intensiver, wie bei einer Katze. Olaf musste immerzu hinsehen, obwohl er es gar nicht wollte. Ulli machte einen Witz, den Olaf nicht verstand. Trotzdem musste er lachen und konnte gar nicht mehr aufhören. Janine und Viviane bekamen ihren zweiten Kicheranfall.

Dann ging es Schlag auf Schlag. Immer mehr Gäste schwappten herein. Marie legte Musik auf. Die Party kam ins Rollen – zumindest für diejenigen, die gute Laune mitgebracht hatten. Aber nicht für Olaf. Er würde wahrscheinlich den ganzen Abend auf seinem Sitzkissen verbringen, während um ihn herum das Leben tobte. Und das alles nur wegen Luzie und den unberechenbaren Gefühlsschwankungen während des weiblichen Zyklus. Es war zum Kotzen.

Olaf war immer noch schwindelig. Gleichzeitig fühlte sich seine Kehle an wie eine vertrocknete Sanddüne. Er versuchte den widerwärtigen Geschmack des Cocktails mit Nudelsalat zu übertünchen, was ihm nicht wirklich gelang. Irgendwann gab er es auf und schob den Teller zur Seite.

Dann kam Marie und setzte sich zu ihm. »Na, wie findest du die Party? Amüsierst du dich?«

»Und wie«, log Olaf. »Ist echt cool.«

Früher hatte Marie ihn immer sofort durchschaut. Heute Abend war das anders, aber wahrscheinlich lag es einfach daran, dass sie an ihrem Geburtstag so aufgedreht war. Schon sprang sie wieder hoch und rannte quer durch den Raum. Sie sah glücklich aus und bestimmt war sie es auch, obwohl sie zurzeit keinen Freund hatte. Olaf stöhnte. Alle hier waren glücklich, nur er nicht. Er hätte nicht herkommen sollen. Jetzt musste er ausharren. Frühestens in drei Stunden konnte er gehen, sonst wäre Marie enttäuscht.

Er beobachtete sie, wie sie durch die Menge ging, mit leuchtenden Augen und geröteten Wangen. Sie war hübsch, viel hübscher als Luzie. Und wie sie tanzen konnte! Fasziniert sah Olaf zu, wie sie zusammen mit Janine und Viviane loslegte.

Der Lovesong nach der schnellen Tanznummer traf ihn dann wie eine Faust in die Magengrube. Das war *ihr* gemeinsames Lied, der Song von Luzie und ihm. Sofort tauchte ein Tag im Hochsommer vor seinem inneren Auge auf. Es war einer dieser schwülen Schultage, die man nur mit der Aussicht auf Hitzefrei überstehen konnte. Luzie und er gingen in der Pause hinüber zum kleinen Park um die Ecke. Sie legten sich in die Wiese, jeder einen Stöpsel im Ohr, und küssten sich zu Robbie Williams. Er wusste noch genau, wie Luzies Lippen geschmeckt hatten: nach Sonnencreme und Karamelleis.

»Hey, was hängst du denn hier so alleine rum?«, riss Janine

ihn aus seinen Gedanken. »Los, lass uns tanzen!« Sie packte seine Hand und zog ihn hinüber zur Tanzfläche.

Olaf stolperte über seine eigenen Füße. Wenn Janine ihn nicht aufgefangen hätte, wäre er der Länge nach auf den Boden geknallt. Auf einmal lag er in ihren Armen und sie ließ ihn nicht mehr los, sah ihn nur unverwandt an mit ihren grünen Katzenaugen.

»Tolle Party … äh …« Olaf suchte nach einem unverfänglichen Gesprächsthema, aber Janine legte ihm den Finger auf den Mund und schmiegte sich an ihn. So eng, dass er durch das Wollkleid ihre weichen Brüste spüren konnte. Dann streichelte sie seinen Rücken. Streichelte die freie Stelle an seinem Hals, bis sich die feinen Härchen dort aufstellten. Irgendwann legte sie den Kopf in den Nacken und machte die Augen zu. Ihr Mund war voll und himbeerrot und Olaf konnte nicht anders. Er musste diesen Himbeermund küssen, wieder und immer wieder.

Die Zeit stand still. Olaf vergrub seinen Kopf in Janines duftendem Haar, ließ sich von der Musik treiben. Dachte an gar nichts mehr, höchstens daran, wie traumhaft gut diese Küsse schmeckten und dass ihm immer noch schwindelig war, doch diesmal schwindelig vor Glück. »Luzie …«, flüsterte er.

»Was soll das?« Janine löste sich abrupt von ihm und funkelte ihn mit wütenden Augen an. »Ich bin nicht Luzie!«

Olaf lief knallrot an. »Ich … ich … weiß. Das wollte ich nicht. Tut mir leid, Janine, ich …«

Janine holte aus. Olaf hörte den Knall. Erst Sekunden später spürte er den brennenden Schmerz auf seiner Wange. Die Pärchen um ihn herum starrten ihn schadenfroh an. Dann machte

Janine auf dem Absatz ihrer hochhackigen roten Schuhe kehrt und rauschte ab.

Schlagartig war Olaf nüchtern. Der Geruch nach Essen, Alkohol und verschwitzten Körpern ekelte ihn an. Ulli machte denselben Witz von vorhin. Diesmal verstand Olaf ihn und fand ihn überhaupt nicht witzig. Marie war verschwunden. Und Viviane durchbohrte ihn mit einem bitterbösen Blick. Olaf stolperte an ihr vorbei zur Tür, riss sie auf und rannte die Kellertreppe hoch.

Draußen war es so kalt wie am Nordpol. Olaf lief quer über den Rasen, schwang sich über den Zaun und sprang auf den Gehsteig. Alles sah aus wie vor zwei Stunden, als er gekommen war. Dieselben Autos standen in den Parkbuchten. Dieselben Häuser drängten sich aneinander, als ob sie sich gegenseitig wärmen würden. Plötzlich kam es Olaf so vor, als ob die Party gar nicht stattgefunden hätte. Er war gar nicht dort gewesen. Er hatte nicht Ullis schlechte Witze ertragen. Er hatte nicht mit Janine getanzt und sie nicht geküsst. Deshalb gab es auch keinen Grund dafür, Luzie davon zu erzählen. Luzie, die immer alles so furchtbar ernst nahm und bei jeder Kleinigkeit verletzt war. War was gewesen? Nein. Er hatte nur geträumt, einen langen, schrecklichen Albtraum, aber jetzt war der zum Glück vorbei. Olaf vergrub seine Hände in den Hosentaschen und stapfte zur U-Bahn-Haltestelle.

FIONAS NEUES LEBEN

Es gab Mädchen an Fionas Gymnasium, die führten ein interessantes, spannendes Leben. Sie sangen in einer Band, hatten schon mal gemodelt, gewannen einen Schachwettbewerb oder sahen einfach so gut aus, dass die Jungs sich von ihnen angezogen fühlten wie Motten vom Licht. Fiona gehörte nicht zu diesen Mädchen.

Nicht dass ihr Alltag völlig ereignislos gewesen wäre, aber verglichen mit den Samt-und-Seide-Prinzessinnen ähnelte ihr Leben einer Tagesdecke: ganz nett, ganz praktisch, aber todlangweilig. Bisher hatte Fiona sich damit abgefunden. Sie kannte es schließlich nicht anders. Aber als die Einladung zur Geburtstagsparty einer gewissen Marie über Lena, die Freundin einer Freundin, in ihrer Mailbox landete, hatte sie einen spontanen Entschluss gefasst: Dieser Abend würde der erste Abend vom Rest ihres aufregenden neuen Lebens werden. Wie dieses neue Leben genau aussehen würde, wusste sie zwar noch nicht, aber eine Sache wusste sie ganz genau: Sie würde sich auf dieser Party mit männlicher (!) Begleitung amüsieren.

Zunächst jedoch stand Fiona vor einem ganz anderen Problem. Weder ihre Freundin Amelie noch deren Freundin Lena gingen zur Party. Beide hatten kurzfristig per SMS abgesagt, weil sie was anderes vorhatten. Fiona kannte Marie nicht und einfach so alleine als Fremde auf ihrer Party aufzutauchen fand sie dann doch ziemlich peinlich. Also blieb ihr nur eins übrig: Sie musste eine Sammel-SMS losschicken an die wenigen Jungs aus ihrem Bekanntenkreis.

Fiona brauchte eine halbe Stunde, bis ihre Nachricht nicht mehr wie der Hilferuf eines einsamen Mädchens klang.

Hi Leute!
Lust auf Überraschungsparty? Wer geht mit zu Marie?
Heute Abend, 20 Uhr. Einmalige Gelegenheit!
Melde dich !jetzt! bei
Fiona

Zwanzig endlose Minuten lang passierte gar nichts. Wie auf Kohlen saß Fiona in ihrem Zimmer, fertig gestylt und geschminkt. Um sich die Zeit zu vertreiben, sah sie sich im Internet eine alte Folge von *Fall Berlin* an, ihrer Lieblings-Krimiserie mit dem süßen Schauspieler Ben Baleck, der als erfolgreicher Kommissar genauso viele Fälle löste, wie er Frauen eroberte. Normalerweise verfolgte Fiona jedes Detail, jede Kameraeinstellung, aber heute flimmerten die Bilder nur an ihr vorbei.

Um halb neun kam der ersehnte Klingelton. Eine Nachricht! Fiona öffnete sie mit zitternden Fingern.

Hallo Fiona,
weiß zwar nicht, wer Marie ist,
komme aber gern mit.
Hol dich gleich ab.
Oder bist du schon weg?
Lg, Mattis

Fiona musste den Namen des Absenders dreimal lesen, bis sie es glauben konnte. Mattis wollte mit ihr zu einer Party! Mattis, der coolste Typ aus der Theater-AG. Mattis, der sich bereits zwei Hauptrollen geangelt hatte und dieses Jahr garantiert wieder der Star der Weihnachtsaufführung sein würde. Mattis, der schon siebzehn war und sich gerade von Stefanie getrennt hatte, einer der Samt-und-Seide-Prinzessinnen.

Fionas Puls beschleunigte sich. Schnell schrieb sie zurück, dass sie noch da sei. Dann warf sie einen Blick in den Spiegel. 08/15-Jeans, langweiliges weißes Shirt, Armreife vom Flohmarkt, das ging gar nicht. Panisch riss sie ihren Kleiderschrank auf. Wenn Mattis mit ihr ausging, musste sie was richtig Cooles anhaben. Aber was war cool? Fiona stöhnte. Dann durchwühlte sie ihren Kleiderschrank. Ganz hinten fand sie, was sie suchte: ein geblümtes Kleid mit weitem Ausschnitt, das sie sich in einem kurzzeitigen Anfall von Selbstbewusstsein gekauft hatte, und die schwarzen superschicken Wildlederstiefel, die leider auch supereng waren und das Blut aus ihren Unterschenkeln pressten. Egal, für Mattis musste man Opfer bringen.

Fiona zwängte sich in die Klamotten, löste ihren Haargummi und wuschelte sich durch die frisch geföhnten Strähnen. Als sie ihren Look mit hochrotem Kopf im Spiegel überprüfte, klingelte es. Es war zu spät, um das überflüssige Rouge zu entfernen. Auf dem Weg zur Tür stolperte Fiona zweimal, was an den ungewohnten hohen Absätzen der Stiefel lag. Normalerweise trug sie zu jedem Outfit ihre geliebten ausgetretenen Chucks.

»Hi!«, sagte Mattis. Er sah aus, als hätte er sich mal eben was übergeworfen. Jeans, graues Shirt, eine halb offene Jeansjacke.

Eigentlich nichts Besonderes, aber bei seinen ein Meter achtzig und den lakritzschwarzen Haaren wirkte es extrem lässig.

»Äh … hi!«, sagte Fiona. »Toll, dass du Zeit hast. Ich bin … äh … wir können dann, glaube ich … äh …« Unfassbar. Sie hatte in den wenigen Sätzen dreimal ein Äh untergebracht. Das war ihr nicht mal beim Vorsprechen vor Herbert passiert, obwohl sie da tierisch aufgeregt gewesen war.

Mattis grinste. »Willst du nichts überziehen? Es ist kalt draußen …« Sichtlich amüsiert sah er ihr dabei zu, wie sie mit rotem Kopf davonrannte, um eine halbwegs passende Jacke zu holen. Der peinliche Wollschal, den ihre Oma aus gelben und roten Resten gestrickt hatte, musste leider auch sein. Fiona hatte in diesem Winter schon zwei Erkältungen hinter sich, die dritte wollte sie sich sparen.

»Ich bin so weit«, sagte sie schließlich, nachdem sie sich den Schal zweimal um den Hals gewickelt hatte.

Mattis nickte. »Okay. Dann stürzen wir uns mal ins Nachtleben. Weihst du mich jetzt ein? Wer ist Marie? Eine Freundin von dir?«

»Nicht direkt … aber na ja …«, Fiona kam schon wieder ins Stottern, »irgendwie schon, wenn du davon ausgehst, dass alle Menschen auf der Welt um drei, vier Ecken miteinander befreundet sind.«

Mattis strich sich lachend die Haare aus der Stirn und sah sie mit seinen wunderschönen blauen Augen an. »Ich glaube, das musst du mir genauer erklären.«

»Mach ich«, versprach Fiona. Sie stopfte die Schlüssel in die Manteltasche, wich Mattis' Blick aus und schlüpfte an ihm vorbei zur Tür.

Es war nicht weit von ihr zu Marie. Fiona hatte sich die Wegstrecke im Internet angeguckt und sich die paar Straßennamen gut eingeprägt. Da ging sie also neben Mattis durch die sternenklare Nacht. Nur sie beide, keine neugierigen Mitschüler um sie herum. Bei der Kälte waren kaum Fußgänger unterwegs. Es war die ideale Gelegenheit zu behaupten, dass sie fror, um sich dann ein bisschen an Mattis zu kuscheln. So machten es die Heldinnen in ihren Liebesromanen und sie hatten immer Erfolg damit. Doch was tat sie stattdessen? Versuchte Mattis umständlich zu erklären, wie sie zur Einladung bei Marie gekommen war. Je länger sie redete, umso mehr verhaspelte sie sich. Mattis musste sie für eine hirnlose Idiotin halten. Tatsächlich wurde sein Grinsen immer breiter. »Verstehe … alles klar«, sagte er. »Dann lasse ich mich einfach überraschen.«

Als sie in Maries Straße einbogen, blieb Mattis abrupt stehen. »Die Party findet *hier* statt?«

»Ja. Da sind wir auch schon!« Erleichtert ging Fiona durch den leeren Carport, der zur Haustür führte, und drückte auf die Klingel des zweistöckigen Hauses mit Garten, in dem Marie wohnte.

Ein Mädchen mit blonden langen Haaren und Endlosbeinen machte auf. Fiona schluckte. Das hatte ihr gerade noch gefehlt. Sie kannte Marie doch, aus dem Bus. Marie war eine Samt-und-Seide-Prinzessin und Fiona präsentierte ihr gerade freiwillig den tollsten Jungen der Theater-AG auf dem Silbertablett.

»Hi, ich bin Fiona und das ist Mattis«, sagte Fiona so cool wie möglich. »Lena und Amelie konnten leider nicht, also …«

Marie winkte ab. »Schon gut. Heute ist die halbe Stadt da. Kommt rein!«

Fiona drückte Marie ihr Geschenk in die Hand. Sie hatte sich für einen Liebesroman entschieden, den sie selbst sehr gern mochte. Marie würde ihn bestimmt auch mögen, sie war der romantische Typ, dafür hatte Fiona ein untrügliches Gespür.

»Oh, danke«, sagte Marie und lächelte erfreut.

»Alles Gute zum Geburtstag«, sagte Mattis. Er umarmte Marie und gab ihr zwei Küsschen auf die Wangen. Und dann tat er etwas völlig Unerwartetes. Er nahm Fiona an der Hand und zog sie in den Flur hinein. »Komm. Ich *muss* jetzt mit dir tanzen!«

»Dann muss ich das wohl auch«, sagte Fiona und stolperte kichernd hinter ihm her.

Aber erst als Marie ihre Geschenke ausgepackt hatte und Mattis später beim Tanzen die Arme um sie legte, konnte Fiona richtig glauben, dass es sich um keine Verwechslung handelte. Er wollte tatsächlich mit *ihr* tanzen. Das Glücksgefühl, das wie ein Tropenregen aus der Wellnessdusche auf sie herabrieselte, war fast zu viel.

»Ist echt toll hier! Super Stimmung.« Mattis zeigte auf die Leute um sie herum, die lachenden, verschwitzten und glücklichen Gesichter.

Die meisten Gäste waren von der Gesamtschule, ein paar davon kannte Fiona wie Marie aus dem Schulbus. Den blonden Jungen mit dem ausgefallenen Tanzstil zum Beispiel. Er schien bei allen beliebt zu sein. Und das füllige Mädchen, das eine schwarze Tunika trug und selbstbewusst mit ihren runden Hüften kreiste.

»Gut, dass wir zu spät gekommen sind. Jetzt sind wir mittendrin«, brüllte Mattis Fiona ins Ohr. »Und danke noch mal für die Einladung.«

»Da musst du Marie danken«, sagte Fiona und sah sich suchend um. »Wo ist eigentlich das Geburtstagskind?«

Mattis drehte ihren Kopf zu sich her. »Keine Ahnung. Du bist hier. Das ist viel wichtiger.«

»Echt?« Fiona machte schnell den Mund zu, bevor sie mit ihren idiotischen Bemerkungen noch alles zerstörte.

Mattis schlang seine Arme enger um sie. Seine Augen glänzten wie ein klarer, tiefer Bergsee. Fiona glaubte darin zu versinken. Die Musik durfte nicht aufhören. Sie musste ewig weiterspielen, die ganze Nacht …

Plötzlich ging ein Ruck durch Mattis' Körper. Er löste seine Arme von Fionas Schultern und ging auf Abstand.

»Was ist? Hab ich was falsch gemacht?«, fragte Fiona, während sie hektisch ihr Gesicht abtastete. Sie hatte noch nie ein besonders glückliches Händchen für Wimperntusche gehabt. Wenn nur ein Spiegel in der Nähe gewesen wäre …

Mattis antwortete nicht. Er starrte an ihr vorbei ans andere Ende der Tanzfläche. »*Sie* ist da! Verdammt, ich hab es geahnt. Warum muss *sie* hier sein?«

»Wer?« Fiona folgte nervös seinem Blick. Bei einem blonden Mädchen mit Pferdeschwanz, das Mattis lächelnd zuwinkte, blieb sie hängen. Stefanie! »Ich hatte keine Ahnung …«, beteuerte Fiona. »Wirklich!«

Mattis hörte ihr schon gar nicht mehr zu. Wortlos boxte er sich durch die Tanzenden hindurch und flüchtete aus dem Partykeller.

Schlagartig hörte der Glücks-Tropenregen auf und Fiona stand im Trockenen, zitternd vor Wut. Es war doch eine Verwechslung gewesen. Mattis interessierte sich gar nicht für sie.

Er hatte sich nur ablenken wollen, mit irgendeinem Mädchen, das ihm zufällig gerade eine SMS schickte. Weil er immer noch Stefanie liebte.

Fiona stolperte von der Tanzfläche und ließ sich auf ein Sitzkissen fallen. Die Party war vorbei. Was machte sie noch hier? Sie musste auch gehen, jetzt sofort. Aber sie konnte sich nicht dazu aufraffen. Das war also ihr »aufregendes neues Leben«. Wütend und enttäuscht schloss sie die Augen und lauschte dem Stimmengewirr um sie herum. Besonders eine Stimme drängte sich in den Vordergrund, weil sie so leidenschaftlich war. Fiona kannte sie von irgendwoher, von der Schulbühne vielleicht? Sie öffnete die Augen. Ja, das war Leopold, der vor einem halben Jahr in einem modernen, politischen Theaterstück den Bürgermeister gespielt hatte. Die Rolle hatte zu ihm gepasst, weil er auch im richtigen Leben kämpferisch war.

Fiona hatte Leopold immer schon bewundert, sich aber nie getraut in den Proben mehr als die üblichen drei Worte mit ihm zu wechseln, weil er so klug war. Klug und attraktiv. Eigentlich sah Leopold sogar noch besser aus als Mattis, denn er hatte diese besondere Ausstrahlung. Ob es an den dunkelbraunen Augen lag, die hinter der schwarzen Brille immer in Bewegung waren? Oder an seinem Lächeln, das nicht oft aufblitzte und deshalb besonders schön war?

Fiona fiel ein Liebesroman ein, den sie kürzlich gelesen hatte. Darin ging es um eine Frau, die beinahe die Liebe ihres Lebens verpasste, weil sie zu schüchtern war den Mann im entscheidenden Moment anzusprechen. Plötzlich wurde Fiona klar: Wenn sie jetzt nicht handelte, ließ sie sich die einmalige Chance entgehen, ihr Leben tatsächlich zu verändern.

Entschlossen strich sie sich die Haare aus der Stirn, zupfte ihr Kleid zurecht und stand auf. Sie holte sich am Büfett ein Glas mit irgendeinem Saft und schlenderte durch den Raum. Wie zufällig blieb sie bei der Gruppe stehen, die sich um Leopold gebildet hatte, nippte an ihrem Glas, lächelte und hörte zu. Es ging um Fußball, das langweiligste Thema der Welt. Fiona hätte nie vermutet, dass Leopold sich dafür interessierte, aber er kannte sich offenbar sogar besser aus als die anderen Jungs. Fionas Fußballkenntnisse dagegen beschränkten sich auf ein paar Fachbegriffe, die sie von ihrem großen Bruder aufgeschnappt hatte.

Irgendwann bemerkte Leopold sie und sagte: »Hallo, Fiona! Rettest du mich?« Er hob theatralisch beide Hände in die Höhe. »Wir müssen unbedingt das Thema wechseln, sonst bequatscht Gabriel mich am Ende noch, in seinen Fußballverein einzutreten.«

Gabriel grinste. »Und was wäre so schlimm daran?«

Leopold verzog dermaßen gequält das Gesicht, dass Fiona lachen musste. »Er spielt schon Theater«, sagte sie. Dann nickte sie Leopold zu und hörte sich erstaunlich locker sagen: »Was hältst du davon, wenn wir kurz frische Luft schnappen?«

»Gute Idee«, sagte Leopold. »Hier ist es sowieso viel zu warm.«

Sie verließen gemeinsam den Partykeller und liefen die Treppe hoch. Als sie ins Freie traten, sahen sie Marie im Vorgarten stehen, die Hände ausgebreitet, mit geschlossenen Augen. Sie murmelte unverständliche Dinge vor sich hin und erinnerte Fiona an die Hexe aus einem historischen Liebesroman, den sie kürzlich gelesen hatte. Diese Hexe war äußerst mächtig gewesen und konnte andere Menschen mit ihren Worten manipulieren.

Plötzlich hatte Fiona eine total verrückte Idee. Ohne nachzudenken, packte sie Leopold bei der Hand.

»Komm, wir wollen Marie nicht stören«, sagte sie und zog ihn in den hinteren Teil des Gartens. Auf einer Bank neben dem Geräteschuppen stapelten sich ein paar alte Wolldecken. Sie setzten sich auf eine davon und legten sich die anderen um die Schultern. Dann nahm Fiona all ihren Mut zusammen und lächelte Leopold zu. »Also, du wolltest doch das Thema wechseln. Und weil ich dich gerettet habe, darf ich entscheiden, worüber wir reden.« Sie machte eine Pause. »Hab ich dir eigentlich mal erzählt, dass ich adoptiert wurde?«

Leopold rückte seine Brille zurecht. »Nein, hast du nicht. Aber erzähl es mir jetzt. Ich hör dir gerne zu.«

Fiona holte tief Luft und begann mit der unglaublich tragischen und zugleich unglaublich schönen Geschichte ihres Lebens. Diese Geschichte hatte nur einen klitzekleinen Haken: Sie war von Anfang bis Ende frei erfunden.

»Meine Mutter ist früh gestorben, weißt du …«, fing Fiona an. Sie dachte an den süßen Hamster, den sie als Kind zu Ostern bekommen hatte und der nur drei Wochen gelebt hatte. Sofort stiegen ihr Tränen in die Augen.

»Oh …«, sagte Leopold und sah richtig betroffen aus.

Fiona ersetzte ihre ursprüngliche Idee mit dem Autounfall spontan durch einen spektakulären Flugzeugabsturz. »Ich war damals erst fünf Jahre alt, als Mama nach Neuseeland flog. Kurz vor der Landung ist es passiert. Beide Triebwerke fielen aus, eins fing an zu brennen. Der Pilot gab sein Bestes, aber er konnte nur die Passagiere auf den hinteren Plätzen retten. Meine Mutter saß ganz vorne.«

»Das ist ja furchtbar!« Leopold lehnte sich mit dem Rücken an den Geräteschuppen. Das Mondlicht fiel auf sein Gesicht. Er war blass geworden. »Das tut mir … so … leid«, brachte er mühsam hervor.

»Ist schon gut«, sagte Fiona und erzählte schnell weiter, um ihr schlechtes Gewissen auszublenden. »Mein Vater ist zum Glück nicht mitgeflogen, obwohl er es ursprünglich vorgehabt hatte. Im letzten Moment ließ er sein Ticket stornieren, weil er ein lukratives Jobangebot bekam. Eine Hauptrolle in einem Shakespearestück an einem Kleinstadttheater. Damals kannte ihn noch kaum jemand. Erst viel später als Kommissar von *Fall Berlin* wurde er berühmt. Vielleicht kennst du ja die Serie.«

Leopold ließ seine Wolldecke los. Sie rutschte ihm über die Schulterblätter und landete auf dem Boden, aber er hob sie nicht auf. »Moment mal, heißt das … willst du damit sagen, dass Ben Baleck dein Vater ist?«

Fiona biss sich auf die Unterlippe, um ernst zu bleiben. »Ja«, sagte sie schlicht.

Leopold schüttelte den Kopf. »Nein! Ist das cool! Ich hab ihn mal im Theater erlebt. Ben Baleck ist wirklich ein großartiger Schauspieler, auf der Bühne und im Film.«

»Hmm, ja, stimmt …« Fiona lief rot an. Sie kannte die Website ihres Lieblingsschauspielers in- und auswendig. Trotzdem hatte sie plötzlich Angst, falsche Details zu erwähnen, die Leopold auffallen würden. Ihre Lügengeschichte war einfach zu dreist. Kaufte Leopold ihr das Ganze wirklich ab?

»Das muss aber unter uns bleiben«, schob sie schnell nach. »Offiziell ist nichts bekannt vom Tod meiner Mutter und von mir. Ben – so nenne ich ihn – möchte diese Dinge nicht ins Licht der Öffentlichkeit zerren.«

Leopold nickte verständnisvoll. Er kaufte ihr die Lügengeschichte tatsächlich ab und offenbar dachte er, sie wäre aus reiner Bescheidenheit rot geworden. »Erzähl doch weiter!«, forderte er sie auf und schenkte ihr sein seltenes, kostbares Lächeln.

Fiona spürte plötzlich weder Kälte noch Wind. »Bestimmt fragst du dich jetzt, warum ich nicht bei meinem Vater lebe. Tja, das ist der zweite traurige Teil meiner Lebensgeschichte. Ben hat zwar ernsthaft versucht zwei Rollen unter einen Hut zu bekommen: alleinerziehender Vater und erfolgreicher Schauspieler. Aber irgendwann hat er eingesehen, dass es nicht funktioniert, zumindest nicht so, wie er es richtig fand. Er wollte nicht, dass ich dauernd umziehen, die Schule wechseln und aus Koffern leben muss, oder ständig neue Freunde suchen. Deshalb hat er die schwere Entscheidung getroffen und mich seiner Schwester anvertraut. Sie hat mich adoptiert, unter der Bedingung, dass all das aus der Presse herausgehalten wird.«

»Wow!« Leopold bückte sich jetzt doch nach seiner Wolldecke, bevor seine Lippen blau wurden. »Und … wie ist sie so, ich meine, seine Schwester?«

»Ganz okay«, sagte Fiona lässig. Ben hatte tatsächlich eine Schwester, aber die Infos über sie auf der Homepage waren leider sehr spärlich. »Warmherzig, großzügig. Sie lässt mir viel Freiraum und sie liebt mich. Tja, ich liebe sie natürlich auch. Aber Mama vermisse ich sehr und Ben sehe ich leider viel zu selten …« Fiona glaubte ihre Geschichte plötzlich selbst. Sie war so gerührt, dass zwei dicke Tränen über ihre Wangen rollten. »So ist das also … That's my life.« Mit einer Hand fuhr sie sich übers

Gesicht, mit der anderen Hand schob sie die Wolldecke weg, um aufzustehen.

Doch Leopold griff sanft nach ihrem Arm und hielt sie fest. Bevor Fiona wusste, wie ihr geschah, lag ihr Kopf an seiner Brust. Sie konnte sein Herz schlagen hören, aufgeregt und schnell.

»Arme Fiona«, flüsterte Leopold in ihr Haar. »Wie kann ich dich trösten?«

Die Antwort auf diese Frage war leicht. »Ich glaube, da fällt mir schon was ein«, sagte Fiona und schloss die Augen. Sekunden später spürte sie einen prickelnden, eiskalten Hauch auf ihrer Wange. Wie von einem Schneekristall. Da begann er endlich, der erste Augenblick ihres aufregenden neuen Lebens.

THEATERTRÄUME

In Nizza war noch Sommer, mitten im November. Giselle flanierte unter Palmen den Strandboulevard entlang. Ein zarter Wind wehte vom Meer herüber und streichelte ihre Haare. Da bremste neben ihr ein Cabriolet.

»Hallo, schöne Frau! Lust auf eine Fahrt ins Blaue?« Lächelnd hielt Herbert ihr die Tür auf.

»Oh ja!«, sagte Giselle.

Sie stieg ein und küsste Herbert. Er duftete nach Rasierwasser und den Abenteuern, die er auf seinen vielen Reisen erlebt hatte. Giselle schmiegte ihren Kopf an seine starke Schulter. Herbert drückte übermütig auf die Hupe und brauste los. Giselle kicherte. Die Hupe klang irgendwie komisch, wie eine Schulglocke. Und die Sonne war plötzlich so grell. Giselle blinzelte. Dann machte sie die Augen weit auf und stöhnte. Es *war* leider die Schulglocke und das grelle Licht kam von den Deckenlampen im Klassenzimmer.

»Du kannst jetzt aufwachen. Die Stunde ist vorbei.« Viviane, ihre Banknachbarin, stand amüsiert grinsend vor ihr. Als sie merkte, wie Giselle sich panisch nach dem Mathelehrer umsah, lachte sie. »Keine Angst, der Schirner hat nichts gemerkt. Er ist schon gegangen.«

Die anderen packten gerade ihre Sachen. Rasch leerte sich das Klassenzimmer. Giselle rappelte sich mühsam hoch. Sie hatte Kopfschmerzen und fühlte sich elend. Die Rückkehr in den grauen Alltag war viel zu schnell passiert. Warum konnte sie nicht einfach weiterträumen?

Viviane schulterte ihre grüne Tasche, die mit unzähligen Pferdestickern beklebt war.

»Kommst du mit in die Kantine? Die Mittagspause haben wir uns echt verdient, nach zwei ätzenden Mathestunden.«

Giselle zögerte. Sie mochte Viviane, gar keine Frage, aber die Vorstellung, sich jetzt ihre neuesten Geschichten aus dem Reitstall anzuhören, war nicht gerade verlockend. Lieber wollte sie noch ein bisschen von Herbert träumen. Andererseits knurrte ihr Magen schon ziemlich.

Langsam wurde Viviane ungeduldig. »Kommst du jetzt mit oder hast du was Besseres vor?«

Giselle starrte ihre Banknachbarin an. Dann fiel ihr die perfekte Ausrede ein. Und die war noch nicht mal gelogen. Zumindest nicht ganz. »Tut mir leid«, sagte sie und versuchte zerknirscht zu klingen. »Ich kann nicht, heute geht die Theater-AG wieder los. Wir treffen uns gleich.«

Viviane stutzte. »Die AGs beginnen doch erst um zwei.«

»Stimmt«, gab Giselle zu. »Aber ich muss vorher noch meinen Text durchgehen.« Dass bisher noch nicht mal entschieden war, welches Stück sie an Weihnachten aufführen würden, wusste Viviane zum Glück nicht. Giselle stopfte schnell ihr Mathebuch in die Schultasche und lief zur Tür, damit Viviane nicht ihr Gesicht sah. Auf der Bühne war sie eine richtig gute Lügnerin, im echten Leben leider nicht.

»Hey, warte!«, rief Viviane und rannte hinterher. Auf dem Flur, mitten im Gedränge der Schüler, holte sie Giselle ein. »Mensch, sei doch keine Streberin!«

Prompt blieben zwei Jungs aus der Fünften stehen, zeigten mit den Fingern auf Giselle und riefen: »Streberin, Streberin!« Ihre Freunde und ein paar Schüler, die es mitbekamen, feixten.

Einen kurzen Moment überlegte Giselle, ob sie darauf eingehen sollte. Dann begnügte sie sich damit, den Jungs die Zunge rauszustrecken und Viviane lachend zuzurufen: »Tut mir echt leid.« Damit drehte sie sich um und ließ sich von der Menge in Richtung Aula schieben. Sollten die anderen ruhig glauben, dass sie eine Streberin war. Hauptsache, sie wussten nicht, was wirklich hinter ihrer Entscheidung steckte.

Im Treppenhaus waren noch mehr Schüler unterwegs. Giselle beobachtete, wie sie kicherten, kreischten und sich gegenseitig boxten. Kaum zu glauben, dass alle aufs Gymnasium gingen. Bis auf ihre Körpergröße hätten sie auch gut in den Kindergarten gepasst. Auf einmal hatte Giselle wieder das unbestimmte Gefühl, dass sie hier nicht dazugehörte, dass sie eigentlich zu den Erwachsenen, den Lehrern, zählte. Manchmal kam sie sich vor wie jemand, der im falschen Körper lebte. Jemand, der längst achtzehn war, obwohl der Personalausweis aus irgendeinem Grund stur auf sechzehn Jahren beharrte. Das Dumme war nur, dass ihre Lehrer das anders sahen und sie wie den Rest der Schüler behandelten.

»Weg da!«, rief plötzlich ein Junge hinter ihr. Unsanft drängte er sie an die Wand des Treppenhauses.

Giselle warf ihm einen wütenden Blick zu. »Aua! Wie wär's mit einer Entschuldigung?« Aber der Junge war schon verschwunden im Gewühl der Schüler, die es kaum erwarten konnten, nach Hause oder in die Kantine zu kommen.

Giselle war heilfroh, als sie dem Strom endlich entronnen war. Während die anderen Richtung Ausgang liefen, ging sie den Flur entlang, der zur Aula führte. Die großen, schweren Flügeltüren waren geschlossen. Giselle drückte trotzdem dagegen, aber sie waren abgesperrt, leider. Enttäuscht breitete sie ihre Jacke aus und setzte sich auf den Boden. Vielleicht war ihre Idee, früher zu kommen, doch nicht so gut gewesen. Herbert war bestimmt noch in der Mittagspause. Wie aufs Stichwort knurrte Giselles Magen. Ihr fiel ein, dass sie noch ein Stück Brot und einen halben Schokoriegel von der Pause übrig hatte.

Giselle aß die kümmerlichen Reste auf. Danach war sie hungriger als vorher. Ob sie doch noch in die Kantine gehen sollte? Aber dann kam sie zu spät zur Probe. Wütend knüllte sie das Papier des Schokoriegels zusammen, als sie plötzlich Schritte hörte. Sofort klopfte ihr Herz wie verrückt.

Giselle sprang auf und raffte ihre Sachen zusammen. Und dann bog er tatsächlich um die Ecke: Herbert! Er trug Jeans. Dazu ein blau-weiß gestreiftes Hemd, das er lässig hochgekrempelt hatte. Giselle konnte die dunklen Haare auf seinen Armen erkennen. Ein paar davon waren auch am Hals zu sehen. Und auf den Wangen schimmerte wie immer ein dunkler Bartschatten. Herbert war eindeutig viel zu attraktiv und viel zu aufregend für einen Deutschlehrer.

»Ach … hallo Giselle! Du bist schon da? Wie schön.« Er strahlte sie an, genau wie in ihrem Traum, als er ihr die Autotür aufgehalten hatte.

Es kostete Giselle unglaubliche Kraft, ihm nicht um den Hals zu fallen und ihn zu küssen. »Hallo … Herbert!«, brachte sie flüsternd heraus. Alle Mitglieder der Theater-AG durften den

Deutschlehrer duzen, aber Giselle hatte das Gefühl, dass es bei ihr etwas Besonderes war.

»Hilfst du mir mit dem Stuhlkreis?«, fragte Herbert, während er eine der großen Flügeltüren aufsperrte.

»Natürlich, sehr gern«, sagte Giselle. Um ein Haar wäre sie gestolpert, als sie in die Aula hineinging. Schade eigentlich, dass es nicht passiert war. Dann hätte Herbert sie auffangen und in seine Arme nehmen können.

Der Deutschlehrer ging mit schnellen Schritten die Stufen hinab. Giselle folgte ihm. Herbert war sehr schlank und sportlich. Kein Mensch wäre auf den Gedanken gekommen, dass er bereits Ende zwanzig war. Während sie zusammen die Stühle aufstellten, fiel Giselle ein, was sie Herbert schon lange fragen wollte. Jetzt war die Gelegenheit.

»Du, Herbert … wie war das damals, als du selber Schauspieler warst, hattest du da manchmal Lampenfieber?«

»Manchmal?« Herbert lachte und rückte den letzten Stuhl zurecht. »Jeden Abend! Ich wäre beinahe gestorben vor Aufregung. Bei *Romeo und Julia* war es besonders schlimm. Es war meine erste Hauptrolle und ich war total verknallt in meine Kollegin Sandra, die die Julia gespielt hat. Leider hatte die im echten Leben einen anderen Romeo und konnte mich überhaupt nicht leiden. Ich glaube, sie hat mich sogar gehasst.« Herbert machte eine Pause und sah Giselle prüfend an. »Du erinnerst mich an Sandra. Du trägst die Haare wie sie damals, kinnlang, mit Pony, und du hast die gleichen blauen Augen, wie Kornblumen.«

Giselle schluckte. Flirtete Herbert etwa mit ihr? Sie durfte jetzt bloß nicht rot werden.

Er sah sie immer noch unverwandt an. Auf einmal spielte ein

kleines, verschmitztes Lächeln um seine Lippen, als er sagte: »Gib's zu, du hasst mich auch!«

»Nein, natürlich nicht … im Gegenteil, ich … ich …« Giselle biss sich auf die Zunge. Beinahe hätte sie »Ich liebe dich« gesagt.

Herbert grinste sie an. Hatte er sie durchschaut?

Giselle wäre am liebsten durch die Bodenklappe in den Raum unter der Bühne gesprungen, aber die Klappe war zu und der Mechanismus ließ sich nur vom Bühnenrand aus betätigen. Also lachte sie, doch das Lachen hörte sich künstlich an, wie in ihrem ersten Jahr in der Theater-AG. »Kann ich sonst noch irgendwas tun?«, fragte sie hastig.

»Klar. Verteilst du schon mal die Texte auf den Stühlen? Es sind drei Kopien für jeden.« Plötzlich war Herbert wieder ganz Lehrer und drückte ihr unverbindlich lächelnd einen Stapel Papiere in die Hand.

»Mach ich«, sagte Giselle leise.

Nizza war in unerreichbare Ferne gerückt und das Cabriolet irgendwo draußen im Novembernebel verschwunden. Stattdessen kamen die Mitglieder der Theater-AG laut quatschend in die Aula: Mattis, Stefanie, Fiona, Leopold und ein paar andere aus der Oberstufe, die Giselle nicht so gut kannte. Sie begrüßten Herbert mit großem Hallo und fielen sich gegenseitig in die Arme, obwohl sie sich schon am Vormittag in der Schule gesehen hatten. Giselle genoss die Vertrautheit. Sie konnte es nicht erklären, aber jedes Mal, wenn die Proben begannen, passierte etwas. Etwas Magisches. Egal wie unterschiedlich sie auch waren, egal wie sie sich sonst verstanden, bei der Theaterarbeit wurden sie zu einer kleinen Familie, die zusammenhielt wie Pech und Schwefel, wenn es sein musste.

»Jetzt aber mal Ruhe, Leute!« Herbert klatschte in die Hände. »Setzt euch. Wir haben nicht viel Zeit bis zur Weihnachtsaufführung.«

Aufgeregt verteilten sich die Spieler auf die Plätze und raschelten mit den Blättern. Giselle setzte sich neben Mattis. »Na, freust du dich schon?«, fragte sie.

»Hmm …«, machte Mattis nur.

Giselle sah ihn verwundert an. So eine wortkarge Reaktion passte gar nicht zu Mattis. Sonst war er immer derjenige, der alle anderen mit seiner Theaterbegeisterung ansteckte.

»Was ist denn los?«, flüsterte sie.

Mattis antwortete nicht. Düster starrte er auf eine Staubfluse am Boden. Giselle überlegte gerade, ob er sich eine Novemberdepression eingefangen oder eine schlechte Note in Physik bekommen hatte oder beides, da beugte Fiona sich zu ihr herüber. »Er und Stefanie haben sich getrennt«, raunte sie ihr ins Ohr. »Wusstest du das nicht?«

»Oh … nein.« Giselle seufzte. Da war sie ja voll ins Fettnäpfchen getreten. In der Probenpause hatte sie die beiden aus den Augen verloren und ihre Trennung nicht mitbekommen. Das war doppelt peinlich, weil sie ja mit Stefanie in eine Klasse ging. Und es war ihr nicht mal aufgefallen, dass Mattis und Stefanie nicht wie sonst eng aneinandergekuschelt zusammensaßen.

Giselle wollte sich gerade bei Mattis entschuldigen, kam aber nicht mehr dazu, weil Herbert weitermachte. »Erst mal herzlich willkommen! Ich habe euch drei Stücke zur Auswahl mitgebracht. Am besten erzähle ich euch kurz was dazu. Danach stimmen wir ab, welches Stück wir nehmen.« In Herberts Augen glitzerte Vorfreude.

Giselle versuchte sich darauf zu konzentrieren, was er sagte, ertappte sich aber immer wieder dabei, wie sie seinen Mund betrachtete, den vollen Schwung seiner Unterlippe, die sinnliche Oberlippe. Und wie toll seine Stimme war – tief, ein bisschen heiser und sehr, sehr sexy.

»Also, ich fasse noch mal zusammen: Ein Engel, der in den Stimmbruch kommt und von der Jubel- in die EDV-Abteilung versetzt wird. Eine Asylbewerberin, die mit ihrem Neugeborenen in Deutschland auf der Suche nach ihrem Mann ist. Oder ein Krimi, der gar nichts mit Weihnachten zu tun hat: Ein Handleser prophezeit Lord Arthur, dass er einen Mord begehen wird.«

Giselle riss ihren Blick nur ungern von Herberts verführerischem Mund los. Hastig blätterte sie die Kopien durch und warf einen Blick auf die Titelblätter der Stücke. »Friedensengel« von Edith Disselberger, »Auf der Suche nach Weihnachten« von Isolde Lommatzsch und ein Krimi von Oscar Wilde: »Ein Mord liegt auf der Hand«. Beim letzten Titel musste Giselle lachen. Ein Mord, das war mal was anderes an Weihnachten, wo sowieso alle in Rührung und Sentimentalität schwammen.

»Kommen wir zur Abstimmung«, sagte Herbert. »Wer ist für den Friedensengel?« Nur eine meldete sich.

»Okay. Und wer möchte die Weihnachtssuche spielen?«

Auch jetzt blieben die meisten Hände unten, nur Fiona und Leopold meldeten sich gleichzeitig. Ihre Hände berührten sich zufällig dabei. Das fanden sie so komisch, dass sie einen Lachanfall bekamen. Giselle verdrehte die Augen. Vielleicht sollte sie den beiden bei Gelegenheit einen Tipp geben, in die Theater-AG der Unterstufe zu wechseln.

»Und wer ist für Oscar Wilde?«, fragte Herbert.

Sofort schossen alle übrigen Hände in die Höhe. Herbert schmunzelte. »So, so. Das ging ja schnell. Freut mich, dass ihr meinen Lieblingsautor ausgesucht habt. Ich mag Oscar Wildes hintergründigen Humor und seine Ironie. Mit Oscar Wilde hab ich früher große Erfolge gefeiert, aber das ist eine andere Geschichte.« Lächelnd sah er in die Runde. »In unserem Stück gibt es gleich zwei interessante Frauenrollen: Nadia, die rachsüchtige Ex-Geliebte des Lords, die ihn erpresst. Und Sybil, seine Verlobte, die Tochter eines reichen Brauereibesitzers.«

Giselle spürte ein angenehmes Kribbeln im Bauch. Nadia. Der Name allein klang schon so aufregend. Nadia war bestimmt eine, die sich nicht zufriedengab mit dem, was das Leben ihr auf der Tageskarte angeboten hatte. Sie wollte das Galamenü vom Dreisternekoch, mit schönen Kleidern, Dienern und einer eigenen offenen Kutsche, dem Cabriolet des 19. Jahrhunderts …

»Na, gibt es schon Interessenten für die drei Hauptrollen?«, erkundigte sich Herbert.

»Ja!«, sagte Giselle, ohne zu überlegen. »Ich würde gern die Nadia spielen.« Jetzt war es heraus. Im Nachhinein bewunderte sie sich für ihren Mut. Sie hatte noch nie eine Hauptrolle gehabt. Herbert hielt sie jetzt garantiert für größenwahnsinnig.

Tatsächlich zog er verwundert eine Augenbraue hoch. »Aha … Danke, Giselle. Sonst noch Wünsche?«

Mattis gab der Staubfluse auf dem Boden einen Schubs. »Ich könnte mir gut vorstellen Lord Arthur zu spielen.«

»Und ich würde gerne seine Verlobte sein«, sagte Stefanie fast im selben Atemzug.

Giselle sah Stefanie verblüfft an. Meinte sie das wirklich ernst? Freiwillig die Rolle der Verlobten zu übernehmen würde ihr an

Stefanies Stelle nicht im Traum einfallen. Auch die anderen waren überrascht. Plötzlich herrschte betretenes Schweigen in der Aula.

Stefanie schüttelte unbeschwert ihren Kopf. Ihr Pferdeschwanz wippte hin und her. »Ich weiß, was ihr jetzt denkt. Ist kein Problem für mich.«

Sie meinte es wirklich ernst. Ganz schön cool. Giselle beschloss sich eine Scheibe von Stefanies Mut abzuschneiden. Genau diese Fähigkeit brauchte man als Schauspielerin. Man musste Leben und Bühne klar trennen können. Stefanie konnte es, Mattis offenbar nicht. Er saß auf seinem Stuhl wie ein Tiger kurz vor dem Sprung. Am liebsten wäre er jetzt rausgerannt, darauf hätte Giselle gewettet, aber er riss sich zusammen und blieb sitzen.

»Für dich ist das doch auch okay, oder?« Stefanie lächelte Mattis an.

Der sagte ein bisschen zu schnell: »Nö … das geht schon klar.«

»Schön … sehr schön … äh …« Herbert war aus dem Konzept geraten. »Was steht als Nächstes an?«

Giselle half ihm auf die Sprünge. »Eine Übung zum Aufwärmen? Und danach ein Vorsprechen, um zu entscheiden, wer die Rollen bekommt?«

»Genau so machen wir es!« Herbert schenkte ihr ein Lächeln, bei dem die Sonne aufging, mitten in der düsteren Aula an diesem grauen Novembernachmittag. »Giselle, ich glaube, du bist perfekt als Nadia. Eine Frau, die die Dinge in die Hand nimmt. Super!«

Giselle wurde schwindelig. Wenn Herbert wüsste, dass sie alles andere als selbstbewusst war. Dass sie sich fühlte wie eine dünne Bienenwachskerze am Christbaum, die zerfloss, kaum dass man sie angezündet hatte. Aber er wusste es nicht. Und zum Glück war Giselle auf der Bühne eine richtig gute Lügnerin.

ABGETAUCHT

»Du hast ja den Geburtstags-Bikini gar nicht an!«, sagte Viviane vorwurfsvoll zu Marie. »Gefällt er dir etwa nicht?« Es war nicht einfach gewesen, sich mit Janine auf ein schlichtes, elegantes schwarzes Teil mit weißen Streifen zu einigen. Erst nach einem nervenaufreibenden Kampf hatte sie sich gegen deren ausgefallenen Modegeschmack durchsetzen können.

Marie, die gerade versuchte ihre langen blonden Haare unter die Schwimmhaube zu quetschen, schüttelte den Kopf. »Natürlich gefällt er mir. Sehr sogar. Aber beim Training ist der Badeanzug einfach praktischer.«

»Stimmt«, sagte Janine. »Obwohl ich finde, dass man auch beim Schwimmen gut aussehen sollte.« Sie trat vor den Spiegel in der Mädchen-Umkleide des Hallenbads und überprüfte ihr wasserfestes Make-up. Die grüne Wimperntusche und der Kajal, den sie über den Rand der Augenwinkel verlängert hatte, verliehen ihr einen geheimnisvollen, katzenhaften Ausdruck. Die grünen Kontaktlinsen wären perfekt dazu gewesen. Leider brannten sie höllisch in Verbindung mit Chlor und Janine hatte freiwillig darauf verzichtet.

Marie stopfte ihre Kleider in den Spind, schloss ab und band sich den Schlüssel ums Handgelenk. »Aber du bringst mich auf eine Idee, Viviane. Wir sollten unbedingt mal wieder zusammen shoppen gehen.«

»Falsches Stichwort«, stöhnte Viviane und kramte ihre

Schwimmbrille aus der Tasche. Mehr sagte sie nicht, den Rest konnten sich ihre Freundinnen bestimmt denken. Aber die hatten zwei große Fragezeichen auf der Stirn.

»Bei mir ist total Ebbe im Geldbeutel«, erklärte Viviane leicht genervt.

»Schon wieder?« Janine klang jetzt auch genervt. »Irgendwie hab ich das Gefühl, du bist dauernd pleite. Dabei hast du doch diesen Babysitterjob, der so sagenhaft gut bezahlt ist.«

Viviane schüttelte ihren hellbraunen Lockenkopf. »Ja, schon …« Wenn sie nicht ab und zu auf die kleine Tochter ihrer Cousine Toni aufpassen würde, hätte sie überhaupt nicht gewusst, wie sie über die Runden kommen sollte. Das meiste Geld verschlangen die Reitstunden und leider hatte sie eine ziemlich ausgeprägte Schwäche für Süßigkeiten. Von daher war es logisch, dass am Ende des Taschengelds noch ganz viel von der Woche übrig blieb.

»Ich kann dir auch was leihen«, bot Marie an.

Viviane schlüpfte in ihre knallgelben Flip-Flops, die auch schon mal bessere Tage gesehen hatten. »Lieb von dir, aber du hast mir erst letzte Woche was geliehen.« Grundsätzlich fand Viviane es natürlich toll, dass Marie ihr äußerst großzügig bemessenes Taschengeld genauso großzügig weiterverteilte. Trotzdem wollte sie ihre Freigebigkeit nicht ausnutzen. »Ich ruf Toni an. Vielleicht braucht sie mich ja zufällig heute Abend, dann können wir morgen shoppen gehen.«

»Ihr geht shoppen? Wann?«, mischte Luzie sich ein. Sie war gerade in die Umkleide getreten und hatte offenbar den letzten Teil des Satzes mitbekommen. Ihre Augen leuchteten sehnsüchtig.

Marie warf Viviane und Janine einen warnenden Blick zu. Es war klar, dass sie keinen gesteigerten Wert darauf legte, Luzie beim Shoppen dabeizuhaben.

»Du, das wissen wir noch nicht so genau, ich bin gerade ziemlich knapp bei Kasse«, sagte Viviane Marie zuliebe. Sie fühlte sich nicht besonders wohl dabei, aber die Clique war ihr wichtiger als die lose Freundschaft mit Luzie. Weil Marie und Janine manchmal ziemlich eifersüchtig sein konnten, hatte Viviane ihnen nicht erzählt, dass sie sich ab und zu alleine mit Luzie traf. Die beiden wussten auch nicht, dass Luzie für sie beim Babysitten einsprang, wenn sie mal nicht konnte.

Luzie stieß einen Seufzer aus. »Knapp bei Kasse? Das kenn ich. Aber bevor ihr loszieht, gebt ihr mir Bescheid, oder?« Sie lächelte Viviane, Marie und Janine erwartungsvoll an.

»Klar!«, sagte Janine, die am besten von allen dreien lügen konnte.

Marie warf sich schwungvoll ihr Handtuch über die Schulter. »Und jetzt ab unter die Dusche, Mädels!« Kichernd rannte sie mit Janine los, um in der überfüllten Mädchen-Dusche einen freien Platz zu erwischen.

Viviane schloss ihren Spind noch mal auf und kramte darin herum. Sie schaffte es, so lange zu trödeln, bis sogar Luzie vor ihr fertig war und unter der Dusche verschwand. Viviane hatte keinen Grund, sich zu beeilen. Marie war beim Schwimmen immer wahnsinnig ehrgeizig und Janine fand den Trainer süß. Viviane dagegen wäre tausendmal lieber ausgeritten, statt ein anstrengendes Schwimmtraining zu absolvieren. Aber was tat man nicht alles, um mit seinen Freundinnen zusammen zu sein.

Als Viviane schließlich aus der Dusche kam, standen schon

alle Mädchen am Rand des Sportbeckens. Trainer Ingo unterbrach seine Begrüßung und runzelte die Stirn. »Schön, dass du uns auch noch mit deiner Anwesenheit beehrst, Viviane. Dann können wir ja jetzt endlich anfangen.«

Ingo war als Einziger braun gebrannt, weil er regelmäßig ins Solarium ging. Viviane fand, dass ihm die Bräune überhaupt nicht stand, weil er rote Haare und Sommersprossen hatte, aber Ingo war da offenbar anderer Ansicht. Jetzt zückte er seine Trillerpfeife, die er an einem Band um den Hals trug, und pfiff durchdringend. »Zehn Bahnen Kraul zum Aufwärmen!«

Frierend ging Viviane zu einem freien Startblock, setzte sich die Schwimmbrille auf und hob die Arme. Dann biss sie die Zähne zusammen und sprang ins kalte Wasser. Die ersten Züge waren am schlimmsten, bis sich der Körper an die Temperatur gewöhnt hatte. Die ersten drei Bahnen waren auch nicht gerade toll, wenn man noch gegen den inneren Schweinehund ankämpfte. Viviane kam heute noch schwerer als sonst in die Gänge. Das Wasser fühlte sich an wie zähflüssiges Karamell, schmeckte aber leider überhaupt nicht süß. Auf der Nachbarbahn zog Marie an Viviane vorbei, hoch konzentriert. Janine war damit beschäftigt, gleichzeitig Bestzeit zu schwimmen und mit dem Trainer zu flirten, was der jedoch überhaupt nicht wahrnahm. Kein Wunder, er musste sich ja wieder als Sklaventreiber aufspielen.

»Schneller, Viviane, schneller!«, feuerte er sie vom Beckenrand aus an, während er selber in seinen ausgetretenen Badelatschen wie eine Schnecke dahinschlurfte.

Zum hundertsten Mal fragte sich Viviane, warum sie sich das eigentlich antat. Draußen, auf den abgeernteten Feldern, an der frischen Luft, wäre es jetzt herrlich. Im November, nach der Hitze des Sommers und den vielen ungewöhnlich warmen Herbsttagen, waren die Pferde wieder frisch und galoppierten so schnell wie nie.

Viviane war am Ende ihrer sechsten Bahn angelangt und tauchte unter zur Wende. Als sie wieder hochkam, sah sie sehnsüchtig zum Wellnessbecken hinüber. Ein paar Rentnerinnen hatten es sich unter den Massagedüsen gemütlich gemacht und eine Horde Kinder ließ sich lachend durch den Strömungskanal treiben. Viviane konzentrierte sich wieder aufs Schwimmen. Ihre Muskeln schmerzten und Ingo brüllte ständig: »Schneller, schneller!« In dem Moment hätte sie sogar ihre letzte Tafel Nussschokolade geopfert, um irgendwo anders zu sein. Stattdessen musste sie sich weiter quälen.

Irgendwann hatte auch sie als eine der Letzten ihre zehn Bahnen geschafft. Ingo erklärte die heutige Trainingseinheit. Sie sollten Delfin üben. Viviane hörte nur mit halbem Ohr hin. Sie würde noch früh genug erfahren, welch fiese Übungen der Trainer sich ausgedacht hatte.

Wieder ließ sie ihre Blicke durch die Schwimmhalle schweifen. Dann entdeckte sie Stefanie im Wellnessbereich. Sie hatte sich ein ruhiges Plätzchen gesucht, in einem Rondell ohne Massagedüsen. Dort stand sie mit ausgebreiteten Armen und geschlossenen Augen da und träumte vor sich hin. Nach einer Weile tauchte sie langsam den Kopf unter Wasser, verschwand und kehrte zurück an die Oberfläche. Jetzt bewegte sie die Lippen. Wahrscheinlich sagte sie einen dieser meditativen, unglaublich beruhigenden Sätze wie: »Du bist schön. Du bist einzigartig. Du hast niemals Taschengeldsorgen. Alle lieben dich.« Viviane seufzte.

Weiter hinten am Sprungturm wurde das Fünf-Meter-Brett geöffnet. Sofort kletterten ein paar kleine Jungs die Leiter hoch und ließen sich mit lautem Gejohle ins Wasser platschen. Hinter dem Sprungturm stand der Bademeister. Er drohte den Jungs scherzend mit dem Zeigefinger, griff jedoch nicht ein, weil er jemandem zuwinkte. Viviane kniff die Augen zusammen. Wer war das denn?

Ein schwarzhaariger Typ in weißen Shorts und knallrotem Top. Viviane konnte sein Gesicht nicht sehen, weil er mit dem Rücken zu ihr am Rand des Sprungbeckens entlangging. Die glitzernde Spiegelung des Wassers sprühte goldgelbe Funken auf seine langen Beine. Irgendetwas faszinierte Viviane an ihm. Waren es der sehnige, schlanke Körper, die fließenden Bewegungen, die sie an einen Delfin erinnerten, oder die kurzen pechschwarzen Haare? Viviane hätte es nicht zu sagen vermocht. Wahrscheinlich war es die Mischung aus allen drei Komponenten. Und letztlich war es egal. Das Einzige, das zählte, war die Glückswelle, die Viviane völlig unerwartet überrollte. Und die tausend Fliegenden Fische, die sich auf einmal in ihrem Bauch tummelten.

Plötzlich schrie einer der kleinen Jungs im Wasser. Der Schwarzhaarige war schneller als der Bademeister. Er schnappte sich einen Rettungsreifen, warf ihn in hohem Bogen ins Wasser. Der schreiende Junge hielt sich daran fest, paddelte zum Beckenrand. Dort nahm ihn der Bademeister in Empfang und hielt ihm eine Standpauke. Der Schwarzhaarige lachte nur. Ganz kurz drehte er sich um und sah in Vivianes Richtung. Die Fische in ihrem Bauch spielten verrückt.

Viel zu schnell kehrte der Schwarzhaarige ihr wieder den

Rücken zu, verabschiedete sich vom Bademeister und ging auf die Umkleiden zu. Die Angst, ihn nie mehr zu sehen, ihn für immer zu verlieren, war so groß, dass Viviane beinahe aufgeschrien hätte. Sie tat es nicht, aber sie wusste, dass sie handeln musste, sofort.

»Ingo?«, hörte sie sich sagen. »Ich muss mal kurz aufs Klo.« Der Trainer war nicht gerade begeistert, nickte jedoch gnädig. »Schon okay.«

Die Bahn war frei. Viviane schoss davon, dem schwarzhaarigen Jungen hinterher. Auf halbem Weg verlor sie einen Flip-Flop. Sie ließ ihn liegen, rannte weiter, waghalsig über die nassen Bodenfliesen schlitternd. Wenn es nötig gewesen wäre, wäre sie auch auf Knien gerutscht, selbst über Steine und Geröll.

Dann blieb Viviane fast das Herz stehen. Der Junge war gestolpert! Sie musste ihm helfen. Doch da hatte er sich schon wieder aufgerappelt. Er stützte sich mit der linken Hand ab und ging weiter. Irgendetwas klirrte, aber Viviane achtete nicht darauf. Sie durfte ihren Traumtyp nicht aus den Augen verlieren. Jetzt verschwand er in der Jungen-Umkleide. Einen kurzen Augenblick zögerte Viviane. Sollte sie wirklich?

Ja, sie sollte. Im schlimmsten Falle würde sie ihn nackt sehen und in Ohnmacht fallen, weil sein Anblick so wunderschön war. Aber dann würde er sie aufheben und in seinen Armen halten, bis sie aufwachte, und wenn es zu lange dauerte, würde er sie mit einer Mund-zu-Mund-Beatmung wieder zum Leben erwecken.

Entschlossen ging Viviane auf die Tür zu, riss sie energisch auf und blieb wie angewurzelt stehen. Da war kein Traumtyp, weder angezogen noch nackt, wie Gott ihn schuf. Stattdessen sah sie in die Gesichter von drei Jungs aus ihrer Klasse. Die trugen zum Glück Badehosen und starrten sie verblüfft an. Dann grinsten sie extra breit.

»Hallo, Viviane, was machst du denn hier?«, fragte Henri. »Suchst du jemanden?«

»Äh … ja … äh … nein«, stammelte Viviane. Nie im Leben hätte sie zugegeben, dass sie tatsächlich auf der Suche war, auf der Suche nach ihrer großen Liebe – auch wenn die noch nichts von ihrem Glück wusste.

»Hat die kleine Viviane sich verlaufen?«, erkundigte Paul sich gespielt besorgt.

Tim hielt sich die Hände vor den Mund wie ein Megafon und trötete: »Die kleine Viviane sucht ihre Mama. Oder vielleicht doch ihren Papa? Sonst wäre sie nicht hier in der Jungen-Umkleide. Wie auch immer, sie braucht Hilfe.«

Alle drei Jungs warfen sich weg vor Lachen.

Viviane nahm ein Handtuch, das auf der Bank herumlag, und schleuderte es in Tims Richtung. Es landete leider nicht auf seinem Kopf, auf den sie gezielt hatte, sondern auf seinem Bauch.

Tim drehte sich entrüstet zu seinen Freunden um. »Hilfe! Die kleine Viviane ist frühreif und baggert mich an.«

»Das ist ja schrecklich!«, rief Paul und Henri prustete schon wieder los.

Fluchtartig verließ Viviane die Umkleide. In der Schwimmhalle musste sie sich erst mal auf einen Plastikstuhl setzen, um den Schock zu verarbeiten. Eins war klar: Bei Henri, Paul und Tim stand sie seit heute ganz oben auf der Liste der uncoolen Mädchen. Wie sie die drei kannte, würden sie die peinliche Geschichte genüsslich in der Klasse ausbreiten. Viviane graute jetzt schon davor, morgen in die Schule zu gehen, aber noch schlimmer fand sie, dass ihr Traumtyp weg war. Wo war er bloß hingelaufen? Er konnte sich doch nicht einfach in Luft aufgelöst haben. Oder hatte sie das alles nur geträumt?

Die kleinen Jungen hüpften immer noch johlend vom Fünf-Meter-Brett, als wenn nichts gewesen wäre, und der Bademeister war verschwunden. Dafür hörte Viviane Ingos laute Stimme: »Wo bleibt eigentlich Viviane? Ist sie ins Klo gefallen, oder was?« Als die Mädchen lachten, blies der Trainer sofort in seine Trillerpfeife. »Los, weiterschwimmen!« Dann drehte er sich suchend um, entdeckte Viviane und winkte ihr wütend zu.

Viviane stöhnte. Wenn sie nicht aus dem Schwimmverein fliegen wollte, musste sie jetzt zu Ingo. Langsam stand sie auf und ging zum Sportbecken hinüber. Da lag ja noch ihr Flip-Flop auf den Fliesen, einsam und traurig. Viviane schlüpfte hinein. Der Flip-Flop gab ein schmatzendes Geräusch von sich. Sie zuckte zusammen. Plötzlich fiel ihr ein, dass etwas geklirrt hatte, als sie ihrem Traumtyp gefolgt war. Aufgeregt suchte Viviane den Boden ab. Und dann sah sie es. Genau an der Stelle, wo der Junge gestolpert war, glitzerte es silbern. Er hatte etwas verloren! Viviane rannte dorthin, bückte sich und hob den kostbaren Fund auf. Es war etwas, das sie hoffentlich ganz bald zu ihrem Traumtyp führen würde. Das Schicksal hatte sie heute auf ihn aufmerksam gemacht. Viviane beschloss alle Hebel in Bewegung zu setzen, damit das Schicksal schon ganz bald die Gelegenheit bekam, Amor zu spielen.

DER ERSTE SCHNEE

»Wir müssen die Erörterung heute leider ein wenig verschieben«, verkündete Frau Jensch in der letzten Stunde vor der großen Pause. Maries Deutschlehrerin strich sich eine unsichtbare Strähne ihrer streng gescheitelten, grauen Haare hinters Ohr und wirkte nervös, was ungewöhnlich war.

»Ooooh!«, riefen alle und taten so, als wären sie wahnsinnig enttäuscht.

Marie tauschte einen verwunderten Blick mit Janine. »Was ist denn jetzt los? Die Jensch verschiebt doch sonst nie was.«

Janine unkte: »Entweder hat sie geheiratet oder jemand ist gestorben. Ich bin mir nicht sicher, was von beidem ich mir lieber wünschen sollte.«

Marie seufzte. Normalerweise glaubte sie nur die Hälfte von dem, was Janines blühende Fantasie produzierte, aber heute konnte ihre Freundin tatsächlich Recht haben. Der Unterricht von Frau Jensch war von vorne bis hinten durchgeplant. Ausnahmen oder Verzögerungen gab es nicht, bis heute jedenfalls nicht.

Nach einer kurzen Pause rückte die Deutschlehrerin endlich mit ihrer Neuigkeit heraus. »Felizitas, die wir alle sehr schätzen, wird leider noch vor Weihnachten die Schule wechseln, weil sie in eine andere Stadt zieht.«

»Echt?« – »Das wusste ich ja gar nicht.« – »Warum hast du uns nichts davon erzählt?«, kam es von allen Seiten.

Felizitas, die eine Reihe vor Marie und Janine saß, drehte sich entschuldigend zu ihren Mitschülern um. »Es ging alles ganz plötzlich. Mein Vater hat einen neuen Job bekommen.« In ihrem Gesicht wechselten rasch hintereinander Freude und Traurigkeit.

Marie war auch traurig. Felizitas war zwar keine enge Freundin von ihr, aber sie mochte die Klassensprecherin sehr. Felizitas schleimte sich bei den Lehrern nie ein und kämpfte für die Interessen ihrer Mitschüler. Das rechnete Marie ihr hoch an.

»Ruhe, bitte! Ruhe!«, rief Frau Jensch. »Wir bedauern alle sehr, dass Felizitas uns verlässt, und wir wünschen ihr alles Gute. Aber ihr Umzug bedeutet auch, dass wir einen neuen Klassensprecher wählen müssen, da wir momentan auch keinen Stellvertreter haben. Also brauchen wir zwei Kandidaten oder Kandidatinnen, die sich zur Verfügung stellen möchten. Wer von euch hätte denn ...«

Sie konnte ihren Satz nicht beenden, weil sie von lauten Zwischenrufen unterbrochen wurde. »Marie! Marie! Penelope! Marie! Penelope! Marie! Marie!« Janine hatte am lautesten gebrüllt, aber die anderen Stimmen klangen auch ziemlich begeistert.

»Ich kann es nicht glauben. Zwick mich mal«, flüsterte Marie ihrer Freundin zu. »Autsch! Doch nicht so fest.«

Janine grinste unschuldig. »Glaubst du es jetzt endlich?«

Marie nickte, obwohl sie es immer noch nicht fassen konnte. Sie war immer gut klargekommen in ihrer Klasse, doch seit ihrer Geburtstagsparty war es mehr als das. Sie konnte es selbst nicht erklären. Plötzlich fanden alle sie cool. Dabei hatte sie gar nicht groß dazu beigetragen, dass die Party ein Erfolg wurde. Die Leute hatten selber für Stimmung gesorgt.

Frau Jensch klatschte energisch in die Hände. Dann sagte sie streng: »Eigentlich wollte ich, dass wir das offiziell klären, aber ihr scheint euch ja schon einig zu sein. Marie, Penelope, stellt ihr euch der Wahl zur Klassensprecherin?«

»Logo«, meldete sich Penelope von ihrem Platz in der letzten Bank aus zu Wort. Ihre beste Freundin Alina nickte dazu eifrig, als wäre sie gefragt worden. Sofort riefen wieder einige: »Penelope! Penelope!«

»Marie, Marie!«, hielt Janine dagegen.

Marie lächelte tapfer. Sie hatte sich zu früh gefreut. Gegen Penelope kam sie sowieso nicht an. Die war lange Zeit vor ihr cool gewesen. Sie konnte sich super durchsetzen und hatte immer tolle, spontane Ideen, zwei Eigenschaften, die Marie für sich nicht in Anspruch nehmen konnte.

Erst als Frau Jensch sie erwartungsvoll ansah, merkte Marie, dass sie noch nicht geantwortet hatte. »Äh … ja«, murmelte sie.

Dann ging alles sehr schnell. Jeder durfte seine Favoritin auf einen Zettel schreiben. Luzie ging mit einer Box herum und sammelte die gefalteten Zettel ein. Nach kurzem Zögern kritzelte Marie Penelopes Namen hin. Sich selbst zu wählen fand sie blöd. Als sie ihren Zettel in die Box warf, raunte Luzie ihr verschwörerisch zu: »Ich hab dich gewählt. Du bist die Beste!«

Marie wusste nicht, wie sie darauf reagieren sollte. Luzie meinte es sicher nett, aber genau das war das Problem. Sie war einfach *zu* nett. Marie nickte deshalb nur kurz und nicht besonders freundlich. Luzie strahlte trotzdem wie ein Weihnachtsengel und brachte die Box zu Frau Jensch.

Marie wurde schwindelig. Wie im Traum bekam sie mit, dass die Stimmen ausgezählt wurden. Dann stand es schwarz auf weiß an der Tafel: Marie hatte vier Stimmen mehr als Penelope und war die neue Klassensprecherin.

»Ich wusste es!« Janine fiel ihr lachend um den Hals.

Die ganze Klasse klatschte. Marie blinzelte verlegen. Sie kam sich vor wie ein Star, der zum ersten Mal auf dem roten Teppich steht und nicht weiß, wie er mit den tausend Fotografen umgehen soll.

Penelope war eine faire Verliererin. Sie kam extra zu Marie und gratulierte ihr. »Viel Glück, du machst bestimmt einen guten Job.«

Marie war sich nicht sicher, ob sie an Penelopes Stelle genauso reagiert hätte. »Danke«, sagte sie und strahlte. Langsam gewöhnte sie sich an den neuen Ruhm.

Leider kehrte Frau Jensch umgehend zur Tagesordnung zurück. »So, Leute! Nun wird es höchste Zeit für unsere Erörterung. Die beiden Themen, die ihr zur Auswahl habt, lauten ...«

Der Rest der Stunde rauschte an Marie vorbei wie ein ICE. Sie war cool und sie war die neue Klassensprecherin. So viel Glück an einem Tag gab es eigentlich gar nicht.

Als die Pausenglocke läutete, sprang sie auf und sagte zu Janine: »Kommst du mit zum Weihnachtsmarkt? Das müssen wir feiern!«

Janine sah ihre Freundin grinsend an. »Bist du sicher? Du willst spontan zum Weihnachtsmarkt gehen, ganz ohne Plan, ohne Liste, was wir dort machen werden?«

Marie gab Janine einen Stoß in die Rippen. »Pass auf, was du sagst! Vergiss nicht, ich bin jetzt Klassensprecherin.«

»Keine Sorge, das vergesse ich schon nicht«, sagte Janine. »Also nichts wie los!« Sie hakte sich bei Marie unter.

Der Weihnachtsmarkt war nur einen Katzensprung von der Schule entfernt. Normalerweise durften sie das Schulgelände in den Pausen nicht verlassen, aber für die Adventszeit gab es eine Ausnahmeregelung für beide Schulen, allerdings nur was den Weihnachtsmarkt betraf.

Verglichen mit den Märkten in den großen Städten war es die Spielzeugausgabe: ein paar Buden neben der Kirche, eine schlichte Holzkrippe, ein Kinderkarussell und eine winzige Bühne, auf der nachmittags die örtlichen Chöre auftraten. Trotzdem mochte Marie den Weihnachtsmarkt, wegen der herrlichen Gerüche und der schönen Erinnerungen an ihre Kindheit. Hier hatte sie mit einer Tüte gebrannter Mandeln in der Hand in der Märchenkutsche des Karussells gesessen und Runde um Runde gedreht, ohne müde zu werden.

Zusammen mit Janine ging Marie unter dem Torbogen durch, der mit Tannenzweigen und bunten Christbaumkugeln geschmückt war. Sie hätte die ganze Welt umarmen können. Aber sie begnügte sich damit, den Kopf in den Nacken zu legen, die Arme auszustrecken und laut »Jaaa!« zu rufen.

Janine lachte und ging weiter. Plötzlich spürte Marie etwas Kaltes, Feuchtes auf ihrer Nase. Jetzt schon wieder. Sie blinzelte in den wolkenverhangenen Himmel. Es schneite, zum ersten Mal in diesem Winter! Tausend winzige, glitzernde Schneeflocken rieselten auf sie herab. Landeten sachte auf ihrer Nase, ihren Wangen, ihrem Mund. Sahen aus wie Zuckerwatte und schmeckten frisch und kühl. Marie hob die Hand und wartete, bis sich eine Schneeflocke darauf niederließ. Ein vollkommener, wunderschöner Stern, der kurz aufblitzte, sich an ihre Haut schmiegte und schließlich dahinschmolz.

Marie schloss die Augen. Da war er wieder, der magische Augenblick aus der Nacht ihres Geburtstags. Da war das Zeichen, auf das sie gewartet hatte. Leise murmelte sie die Worte, die sie damals dem Universum anvertraut hatte: »Sobald der erste Schnee fällt, wird er kommen.« War es wirklich so weit? Sollte ihr heute die große Liebe begegnen? Ein feierlicher Schauer lief Marie über den Rücken. Sie legte wieder den Kopf in den Nacken und ging mit geschlossenen Augen langsam weiter. Wie weich der Kies unter ihren Füßen war, als ob er sich schon unter eine dicke Schneedecke kuscheln würde. Die ganze Welt schien in Watte gepackt zu sein.

»Vorsicht, Marie!«, rief Janine.

»Was ist denn?«, fragte Marie ärgerlich und machte die Augen auf. Janine hatte leider die Angewohnheit, die romantischsten Augenblicke zielsicher zu zerstören.

Ihre Antwort hörte Marie nicht mehr, weil sie mit voller Wucht mit jemandem zusammenprallte. Sie stolperte, verlor das Gleichgewicht und dann lag sie auch schon auf dem Kies, der leider alles andere als weich war. Die harten, spitzen Steinchen bohrten sich erbarmungslos durch die Jeans in ihren Hintern.

»Autsch!«, rief Marie. »Kannst du nicht aufpassen, du Blindschleiche?« Stöhnend versuchte sie sich hochzurappeln, was nicht funktionierte, weil sie komischerweise plötzlich vier Arme und Beine hatte. Es dauerte eine Weile, bis sie begriff, dass die zusätzlichen Körperteile der anderen Person gehörten, mit der sie zusammengestoßen war.

Sie wollte den- oder diejenige gerade anfauchen, da wurde ihr auf einmal warm und ihre Wangen glühten, obwohl ständig neue Schneeflocken auf ihnen landeten. »Sobald der erste

Schnee fällt, wird er kommen.« Ihr Herz setzte kurz aus, um danach doppelt so schnell weiterzuschlagen. Es war so weit. Der Traumtyp, die große Liebe ihres Lebens war ihr direkt vor die Füße gefallen! Und was tat sie? Ihr fiel nichts Besseres ein, als ihn zu beschimpfen. Hoffentlich hatte sie nicht alles kaputt gemacht, bevor es überhaupt begonnen hatte.

»Entschuldige bitte!«, sagte Marie, während sie vorsichtig versuchte den Knoten der vier Arme und Beine zu lösen. »Es ist meine Schuld, ich bin mit geschlossenen Augen durch die Gegend gelaufen. Kannst du mir verzeihen?«

»Klar!«, antwortete eine fröhliche Stimme, die ihr bekannt vorkam. Der Junge, der zur Stimme gehörte, packte ihr rechtes Bein und hob es schwungvoll über sein linkes. Dann wand er sich wie eine Schlange, wobei er seine Arme nicht lockerte, sondern eher noch fester um ihren Oberkörper schlang.

Endlich gelang es Marie, ihren Kopf so zu drehen, dass sie dem Jungen ins Gesicht sehen konnte. Sie blickte in zwei wasserblaue Augen. Sah einen lachenden Mund mit leicht vorstehenden, großen Schneidezähnen. Einen wirren Blondschopf. Eine von der Kälte gerötete, runde Nase, die an einen Clown erinnerte. Ulli!

»Du???«, rief Marie.

Ulli grinste breit und zeigte seine restlichen, ebenfalls ziemlich großen Zähne. »Ja, ich bin's! Dein Opfer. Du hast mir gerade drei blaue Flecke und ein angeschlagenes Knie verpasst und ich werde jetzt meinen Anwalt einschalten, um Schmerzensgeld zu fordern. Das kann teuer werden!«

Marie versuchte verzweifelt sich aus Ullis Umarmung zu befreien, aber je mehr sie sich anstrengte, umso enger verstrickte sie sich. »Janine, hilfst du mir mal hoch?«, bat sie ihre Freundin um Hilfe.

»Ja, gleich …«, sagte Janine, machte aber keinerlei Anstalten, ihre Hand auszustrecken. In ihren Augen lag das gleiche Glitzern wie beim Shoppen, wenn sie im Schaufenster ein besonders schrilles Kleid entdeckt hatte.

Marie wurde wütend. Janine ließ sie im Stich, ausgerechnet jetzt. Aber noch wütender war sie darüber, dass das Universum sie übel an der Nase herumgeführt hatte. Wozu hatte sie sich all die Mühe gemacht? Da stellte sie sorgfältig zwölf Eigenschaften zusammen, die ihr Traumtyp mitbringen sollte. Und was hatte es gebracht? Null Komma null gar nichts. Ulli erfüllte keinen einzigen Punkt auf der Liste. Er war das glatte Gegenteil ihres Traumtyps. Die männliche Katastrophe, die ganz große Niete. Und dieser Katastrophe war sie nun schutzlos ausgeliefert.

»Du möchtest bestimmt kein Schmerzensgeld bezahlen, oder?« Ulli genoss die Situation sichtlich. Mittlerweile gab es jede Menge Zuschauer, die sich die Szene zwischen Zuckerwattestand und Bratwurstgrill nicht entgehen ließen. Penelope und Alina standen mit Luzie gleich vorne in der ersten Reihe und jetzt kam auch noch Olaf dazu. Der hatte ihr gerade noch gefehlt.

»Wir könnten uns vielleicht auf einen Vergleich einigen«, redete Ulli weiter. »Ich bin bereit von meinen Forderungen Abstand zu nehmen, unter einer Bedingung.«

Marie verdrehte die Augen. »Und die wäre?«

»Ganz einfach.« Ulli kam mit seinem Gesicht noch näher, so nahe, dass sie den spärlichen Bartflaum auf seinen Wangen sehen konnte. »Du gibst mir einen Kuss.«

Marie starrte ihn fassungslos an. Sie wartete darauf, dass Ulli seinen Mund aufriss, herzhaft lachte und »Witz-Alarm!« rief. Sie wartete, aber es passierte nicht. Da begriff sie, dass er es tatsächlich ernst meinte.

Unter Aufbietung all ihrer Kräfte strampelte sie sich frei, stand auf und stemmte die Hände in die Hüften. »Niemals!«

»Ooch!« – »Schade!«, riefen die Zuschauer.

Ulli stand jetzt auch auf. Er klopfte sich ein paar Steinchen von der Hose und grinste Marie an. »Niemals? Alles klar. Du meinst: Sag niemals nie. Never say never!« Damit hatte er prompt die Lacher auf seiner Seite.

Marie fand das Ganze überhaupt nicht komisch. Ulli war der sturste Kerl, der ihr je begegnet war. »Welchen Teil von ›niemals‹ hast du nicht verstanden? Den vorderen oder den hinteren?«, forderte sie ihn zum Schlagabtausch heraus.

Wieder lachten die Zuschauer. Der Punkt ging an sie.

Ulli fuhr sich durch die Haare. Danach waren sie noch strubbeliger als vorher. »Verstehe, es ist dir peinlich. Du kannst mich natürlich auch woanders küssen, ohne Zeugen. Du hast sowieso noch einen verspäteten Geburtstagskuss gut bei mir. Hab ich dir eigentlich ein Ständchen gesungen?«

»Ja, hast du«, sagte Marie schnell, bevor dieser Kerl auch noch mitten auf dem Weihnachtsmarkt anfing zu singen.

Ulli nickte. »Stimmt.« Eine Schneeflocke landete auf den Wimpern seines rechten Auges. Marie fiel auf, dass Ulli lange Wimpern hatte. Sie waren dunkler als seine Haare und hatten einen leichten Schwung nach oben. Und Marie starrte diese Wimpern schon viel zu lange an. Sie merkte es an Ullis erwartungsvollem Lächeln. Der dachte doch glatt, sie würde ernsthaft darüber nachdenken, ihn zu küssen.

Marie zog so arrogant wie möglich eine Augenbraue in die Höhe. »Tut mir leid, kein Kussbedarf. Weder mit noch ohne Zeugen.«

Zum ersten Mal bekam Ullis Gute-Laune-Fassade Risse. »Alles klar. Ich gebe meinem Anwalt Bescheid. Er soll die Schmerzensgeld-Klage zurückziehen und dir stattdessen einen Blumenstrauß schicken. Einverstanden?«

Marie wusste nicht, was sie antworten sollte. Da spürte sie Janines Ellbogen in der Seite. »Los, sag schon Ja!«, flüsterte ihre Freundin. »Der ist doch süß.«

Da Janine jeden zweiten Jungen süß fand, war dieser Rat nicht besonders hilfreich. Marie entschied sich für einen Abgang, der immer funktionierte. Wortlos drehte sie Ulli den Rücken zu und marschierte hoch erhobenen Hauptes zum Ausgang des Weihnachtsmarktes.

»Warte doch!«, rief Janine und rannte hinterher.

Marie hakte sich bei ihrer Freundin ein. Es schneite jetzt sehr stark. Dicke, nasse Schneeflocken taumelten betrunken vom Himmel. Marie zog sich die Kapuze tief in die Stirn. »Von wegen, wenn der erste Schnee fällt, wird er kommen!«, murmelte sie vor sich hin. »Das war meine letzte Bestellung beim Universum.«

Janine hatte wieder dieses gefährliche Glitzern in ihren Augen. Kichernd flüsterte sie Marie ins Ohr: »Sag niemals nie!«

IMMER NOCH SINGLE?

Erik würde nie verstehen, warum die Leute einmal im Jahr verrückt spielten und lauter völlig überflüssige Dinge machten: rußende Kerzen anzünden, schiefe Strohsterne basteln und hässliche Geschenke, die keiner haben wollte, in kitschiges Papier verpacken. Seinetwegen konnten sie das gerne tun, aber bitte jeder für sich, alleine. Nur leider nahm auch die Zahl der zwischenmenschlichen Übergriffe spätestens ab Mitte November dramatisch zu. Küsse, Umarmungen, Körperkontakte jeglicher Art feierten Hochkonjunktur und die Menschen schlugen sämtliche Grippe-Warnungen in den Wind.

Seine Mutter gehörte auch zu diesen Verrückten. Als Erik zum Frühstück in die Küche kam, brannten schon überall Kerzen: auf den Fensterbrettern, auf dem Büfett und natürlich die erste Kerze auf dem Adventskranz, der auf dem Tisch thronte.

»Guten Morgen!«, begrüßte ihn seine Mutter. »Du bist ja noch ganz verschlafen, mein Süßer! Mit den verwuschelten Haaren siehst du aus wie ein Engel.« Erik zog den Kopf ein, aber sie schaffte es trotzdem, ihm einen Kuss aufs Haar zu drücken, das weder engelsblond noch lockig, sondern einfach braun war. Danach ging sie zum Herd und goss Milch in einen Topf. »Heute mache ich uns mal was Besonderes: heiße Weihnachtsschokolade.«

»Tolle Idee«, murmelte Erik. Er rutschte auf die Eckbank und parkte seine langen Beine unter dem Tisch. Oben auf dem Zeitungsstapel lag die neueste Ausgabe seiner Lieblingszeitschrift *Technik und Computer*. Erik schlug sie auf und vertiefte sich in den Leitartikel.

Er war gerade bei der zweiten Spalte angelangt, als seine Mutter eine dampfende Tasse vor ihn stellte. Der süßliche Geruch nach einer Überdosis Zimt strömte ihm entgegen. »Lass es dir schmecken! Und nimm dir bitte vom Quarkstollen. Den hab ich gestern gebacken.« Seine Mutter schob ihm den Teller hin und setzte sich.

»Hm …«, machte Erik. Der Stollen schmeckte gar nicht schlecht, aber von der heißen Schokolade nahm er nur einen Höflichkeitsschluck.

Seine Mutter blinzelte verträumt ins Kerzenlicht. »Haben wir es nicht gemütlich hier, wir zwei?«

»Hm …«, machte Erik wieder und blätterte laut raschelnd eine Seite um. Er kannte das schon. Immer wenn sein Vater auf Geschäftsreise war, verwechselte seine Mutter ihren Sohn mit ihrem Mann.

»Du kannst übrigens gerne im Advent deine Freundin einladen«, schlug sie vor. »Zu Plätzchen und Punsch. Dann lerne ich sie endlich mal kennen.«

Erik legte stöhnend die Zeitung weg. »Wie oft soll ich es dir noch sagen? Ich habe keine Freundin!«

»Natürlich …« Seine Mutter blinzelte ihm verschwörerisch zu. Sie kannte ihn wirklich überhaupt nicht. Statt zu akzeptieren, dass er die Wahrheit erzählte, lebte sie lieber in ihrer Traumwelt.

Erik hatte tatsächlich keine Freundin. Im Gegensatz zu seiner Mutter und seinen Schulfreunden fand er das völlig in Ordnung.

Mädchen waren eine unberechenbare mathematische Größe. Sie kicherten ohne Grund und gingen ständig shoppen, obwohl kein Mensch mehr als drei Hosen, zwei Pullis und ein paar T-Shirts brauchte. Und sie interessierten sich für Dinge, die wissenschaftlich betrachtet keinerlei Rolle spielten: Mode, Kosmetik und Dates. Die einzige wohltuende Ausnahme war Chrissie. Erik kannte sie seit dem Kindergarten. Schon damals war sie wie ein Kumpel für ihn gewesen, mit dem er über die wirklich wichtigen Themen reden konnte.

»Überleg es dir einfach.« Seine Mutter stellte die Teller zusammen.

Erik tat so, als hätte er sie nicht gehört. »Ich muss dann mal los«, sagte er, stand auf und flüchtete aus der Kerzenküche, bevor er sich im letzten Moment mit dem äußerst gefährlichen Weihnachtsvirus ansteckte.

Fünf Minuten später stand er auf der Straße und atmete erst mal tief durch. Dann ging er pfeifend zur Haltestelle. Heute stand als Erstes Physik auf dem Stundenplan, eine ausgesprochen erfreuliche Aussicht.

Nach einer nervtötenden Busfahrt ohne Chrissie, die heute von ihrer Mutter zur Schule gebracht wurde, stieg Erik aus. Plötzlich klingelte es hinter ihm. Moritz kam auf seinem Mountainbike angeradelt. Er bremste und fuhr im Schritttempo neben Erik her. »Morgen! Na, wie geht's?«

»Gut«, sagte Erik. »Und dir?«

Moritz grinste breit. »Mir geht's sehr gut. Hab zurzeit zwei Freundinnen gleichzeitig. Coole Dreiecksgeschichte. Kann ich nur empfehlen.«

Erik versuchte gar nicht erst Interesse zu heucheln. Man sah ihm sowieso meistens an, was er gerade dachte. »Echt?«, sagte er nur, vergrub seine kalten Hände in den Manteltaschen und stapfte Richtung Haupteingang.

Moritz stieg vom Rad und warf Erik einen prüfenden Blick zu. »Wie steht's eigentlich bei dir so? Willst du dir nicht auch endlich eine Freundin zulegen? Wird langsam Zeit, findest du nicht?«

»Nö, wieso?«, fragte Erik zurück. »Mir fehlt nichts.«

Moritz lachte so laut, dass er beinahe das Fahrrad fallen ließ. »Von wegen! Du weißt ja gar nicht, wovon du sprichst. Soll ich die Sache mal in die Hand nehmen?«

»Nein, danke!« Erik legte eine Extrapackung Eis auf seine Stimme. Hoffentlich reichte es, um Moritz zum Schweigen zu bringen.

Zum zweiten Mal an diesem Tag verfluchte er die Weihnachtszeit. Alle waren verliebt und wahnsinnig glücklich. Aber das reichte ihnen offensichtlich nicht. Nein, sie mussten ihn mit Fragen nerven, wann er den Tannenbaum mit Christbaumkugeln und sich selbst mit einer Freundin schmücken würde. In den letzten drei Tagen war er viermal von Mitschülern aus seiner Klasse danach gefragt worden. Erik überlegte ernsthaft, ob er sich ein Schild um den Hals hängen sollte mit der Aufschrift: »Bin Single und glücklich.« Aber wahrscheinlich würde auch das nichts bringen.

»Schon gut, reg dich ab«, lenkte Moritz ein, der endlich gemerkt hatte, dass seine Ratschläge nicht gefragt waren. »Man wird ja noch anklopfen dürfen, so von Mann zu Mann. Und falls du doch mal Hormonstau haben solltest, ich hab einige tolle Mädels in meinem Handy-Speicher.« Er legte Tempo zu und ging an Erik vorbei zu den Fahrradständern.

Erik ging jetzt auch schneller. Er ärgerte sich, dass er durch das unnötige Gespräch Zeit verloren hatte, denn er wollte auf keinen Fall zu spät in die Physikstunde kommen. Zum Glück war Herr Beetke, der Physiklehrer, an diesem Morgen auch spät dran. Erik schlüpfte eine Sekunde vor ihm ins Klassenzimmer und rutschte neben Chrissie in die Bank in der ersten Reihe.

»Guten Morgen!«, sagte Chrissie gut gelaunt. »Na, bist du mit dem falschen Bein aufgestanden?«

Erik seufzte. »So ähnlich.« Er bückte sich und kramte sein Physikbuch aus der Tasche. Als er wieder hochkam, entdeckte er ein aufgeschlagenes Exemplar der Schülerzeitung auf seinem Platz. »Ist die von dir?«, fragte er verwundert. Weder er noch Chrissie interessierten sich für die Schülerzeitung, weil sie hauptsächlich über die Sportereignisse an der Schule berichtete.

Chrissie schüttelte den Kopf. »Nee, die lag schon da, als ich kam.«

Erik wollte die Zeitung gerade unter dem Tisch verschwinden lassen, da fiel sein Blick auf die Überschrift der Doppelseite: »Gesucht, gefunden!« Daneben war ein Herz abgebildet und darunter standen Kontaktanzeigen. Eine war rot umkringelt.

Einsames Kätzchen
sucht Kater zum Schmusen.
Bitte vor dem 24. Dezember melden!
Chiffre miau24

Zwei Mädchen hinter Erik kicherten. Er drehte sich ruckartig um. Fiona und Amelie hoben unschuldig die Hände in die Höhe. »Wir waren es nicht!«, riefen sie im Chor.

»Klar«, sagte Erik. Ob die beiden oder jemand anderes ihm die Schülerzeitung hingelegt hatten, war auch schon egal. Erik tippte eher auf Moritz oder einen seiner Freunde. Der- oder diejenige hatte es jedenfalls endgültig geschafft, seine Laune ins Kellerabteil der miesesten Gefühle zu verfrachten.

»Erik?« Plötzlich stand Herr Beetke neben ihm. »Ich glaube, in der Schülerzeitung wirst du den elektrischen Schaltkreis vergeblich suchen.«

Wieder kicherten Fiona und Amelie los. Der Rest der Klasse fand die Situation auch ziemlich lustig. Da half es nicht viel, dass Chrissie ihm tröstend zuflüsterte: »Vergiss die doch alle!« Wütend knüllte er die Zeitung zusammen und stopfte sie in das Fach unter seinem Tisch. Er murmelte: »Entschuldigung«, und vergrub sich hinter seinem Physikbuch.

Erik versuchte sich zu konzentrieren, aber der elektrische Schaltkreis war ihm an diesem Morgen so fremd wie die Mailänder Modewoche. Er überstand die ersten drei Stunden nur, indem er mit Chrissie um die Wette Sudokus löste. Endlich läutete die Pausenglocke. Erik stöhnte und sprang auf. »Jetzt brauch ich dringend frische Luft. Wo gehen wir hin?«

»Zum Weihnachtsmarkt«, antwortete Chrissie. Es war mehr eine Feststellung als ein Vorschlag.

Erik sah sie entgeistert an. Chrissie hatte mit Weihnachtsmärkten ungefähr so viel am Hut wie Experimentalphysiker mit theoretischen Physikern. »Warum das denn?«

Chrissie schlang sich einen dicken Wollschal um. »Ich hab seit gestern so ein blödes Kratzen im Hals. Giselle hat mir erzählt, dass es am Glühweinstand auch alkoholfreien Multivitamin-Punsch gibt. Vielleicht hilft der ja.«

Erik seufzte. Heute blieb ihm wirklich gar nichts erspart. »Na gut«, ergab er sich in sein Schicksal. Den Weihnachtsmarkt würde er auch noch überstehen.

Chrissie und er waren leider nicht die Einzigen, die auf die Idee gekommen waren, ihre Pause auf dem Weihnachtsmarkt zu verbringen, dabei war das Wetter alles andere als toll. Dicke, graue Wolken klebten wie Tiefflieger am Himmel und prompt fing es an zu schneien. Von zwei Seiten strömten die Schülermassen herbei, aus der Gesamtschule und aus dem Gymnasium. Die beiden Schulen lagen nicht weit voneinander entfernt. Alle drängelten, als ob es etwas umsonst geben würde. Erik fühlte sich wie ein Schäfchen in der Herde. Fehlte nur noch, dass die Leute rings um ihn herum laut »Mäh!« machten.

Als er mit Chrissie durch den Torbogen trat, blieb ein blondes Mädchen vor ihnen plötzlich stehen und breitete die Arme aus. Spontan kam ihm der Verdacht, dass sie vielleicht zu einer dubiosen Sekte gehörte. Dann wurde ihm klar, warum sie sich so seltsam verhielt. Sie freute sich wie ein Kind über den ersten Schnee.

Chrissie hatte Erik beobachtet und seine Gedanken erraten. »Komm, stören wir sie nicht bei ihrer Andacht«, sagte sie und zog ihn weiter. »Manche Menschen sind so. Denen kannst du hundertmal erklären, dass Schnee ein ganz normaler chemischer Prozess ist, der entsteht, wenn sich in den Wolken feinste Tröpfchen unterkühlten Wassers an Kristallisationsteilchen, zum Beispiel Staubteilchen, anlagern und dort gefrieren.«

Erik grinste. »Du hast Recht.« Er streifte seine schlechte Laune ab wie eine lästige Schneeflocke. »Was hältst du davon? Ich lade dich auf deinen Vitamin-Punsch ein.«

»Davon halte ich sehr viel«, sagte Chrissie und ging in Richtung Glühweinstand. Sie kam nicht weit. Das blonde Mädchen hatte zwar inzwischen seine Schnee-Anbetung beendet, rumpelte jetzt aber mit voller Wucht gegen Ulli, den Clown aus dem Bus. Beide fielen direkt vor Chrissie zu Boden, wie Boxer, die man k. o. geschlagen hatte. Nur durch einen geistesgegenwärtigen Sprung zur Seite gelang es Chrissie auszuweichen.

»Das war knapp!«, stöhnte sie. »Haben die Tomaten auf den Augen oder sind die blind oder beides?«

»Ich tippe eher auf eine innere Haltung positiver Verbundenheit zu einer anderen Person, die den reinen Nutzwert einer zwischenmenschlichen Beziehung übersteigt.« Erik freute sich, dass er die Definition von Liebe, die er vor ein paar Tagen in einem Chemiebuch gelesen hatte, geschickt anbringen konnte.

»Hä?«, machte Chrissie.

Erik zeigte auf das Mädchen und den Jungen. Beide taten alles, um den zufälligen Körperkontakt zu verlängern und noch enger zu gestalten. »Die hat's erwischt. Die sind verknallt, ganz klar«, erklärte Erik die offensichtlichen Tatsachen.

»Und warum giften sie sich dann an?«, fragte Chrissie, während sie fasziniert die Szene beobachtete.

Erik zuckte mit den Schultern. »Keine Ahnung. Das fällt in den Bereich Psychologie. Da kenne ich mich nicht so gut aus.«

Chrissie musste lachen. »Verstehe.« Dann sah sie sich um und runzelte die Stirn. »Lass uns weitergehen. Sonst komme ich mir noch vor wie eine sensationslüsterne Schaulustige bei einem Autounfall.«

»Das sollten wir unbedingt vermeiden«, sagte Erik, der sowieso keinen gesteigerten Wert auf das unvermeidliche Ende der Szene legte: den Kuss der beiden Verliebten.

Sie ließen die Schaulustigen stehen und steuerten auf den Glühweinstand zu. Obwohl der Stand im Grunde nur aus drei alten Kesseln bestand, die an rostigen Ketten über dem offenen Feuer hingen, besaß er eine magische Anziehungskraft. Mit dampfenden Henkeltassen in den klammen Händen standen jede Menge Jugendliche dicht gedrängt davor. Es wurde zwar grundsätzlich kein Alkohol an Schüler ausgeschenkt. Trotzdem stieg der heiße Johannisbeersaft vielen zu Kopf. Einige begnügten sich damit zu flirten, andere dagegen, Fiona und Leopold aus der Theater-AG zum Beispiel, knutschten wie die Weltmeister. Bis jetzt hatte Erik gedacht, dass Leopold in seiner Liga spielen würde. Es war noch gar nicht lange her, da hatten sie sich im Schülercafé die Köpfe heißgeredet und über die Zukunft der Menschheit diskutiert. Die zwei hübschen Mädchen im Café, die ihn offen angeflirtet hatten, waren Leopold egal gewesen. Vorbei die Zeit …

Am liebsten wäre Erik sofort wieder umgekehrt. »Ist echt ekelhaft, wie die sich gegenseitig abschlecken«, murmelte er.

»Finde ich auch«, stimmte Chrissie ihm zu. »Und alle Verliebten haben diesen schrecklichen Missionierungswahn. Auf der Mädchentoilette ist es am schlimmsten. Gestern wollten sie mir wieder Make-up andrehen und vorgestern hat mir diese Dating-Queen aus unserer Parallelklasse einen Flirtratgeber zugesteckt, als ›kleine Starthilfe‹, damit ich endlich in die Gänge komme.«

Erik prustete los. »In die Gänge kommen? Klingt nach einem Landrover, der im Schlamm steckt.«

Chrissie verzog das Gesicht, als ob sie in eine Scheibe Zitronat gebissen hätte. »Nervt dich das nicht? Dir geht es doch genauso, oder?«

»Allerdings«, sagte Erik. »Wobei Jungs nur halb so subtil vorgehen wie Mädchen. Einzelheiten erspar ich dir lieber.«

»Danke, die will ich auch gar nicht hören«, sagte Chrissie und blieb stehen. Sie hatte ihre Halsschmerzen vergessen und starrte auf die Leute am Glühweinstand. »Dieser Druck macht mich noch wahnsinnig. Spätestens mit zwölf sollst du dich schminken, spätestens mit fünfzehn deinen ersten Freund haben.«

»Und dann am besten gleich ab in die Kiste«, fügte Erik hinzu. Das alles klang wie ein Horrorszenario aus einem schlechten Thriller, aber es war die Realität, der sich niemand entziehen konnte, auch er und Chrissie nicht.

Ratlos schwiegen sie. Da kam auf einmal Leben in die Gruppe vor dem Glühweinstand. Stefanie aus ihrer Klasse quetschte sich an den verliebten Pärchen vorbei zu den Kesseln. Sie holte ein paar dicht beschriebene Zettel aus ihrer Tasche, murmelte halblaut etwas vor sich hin und warf die Zettel schwungvoll ins Feuer. Die Flammen loderten auf. Für einen kurzen Augenblick sah Stefanies Gesicht aus wie eine Supernova kurz vorm Verglühen. Sie verglühte natürlich nicht, dafür sorgte schon der Besitzer des Standes, der sie vom Feuer zurückdrängte. Stefanie wehrte sich nicht, blieb aber nicht weit von den Kesseln stehen und verfolgte gebannt, wie die Papiere zu einem Häufchen grauer Asche zerfielen. Dann seufzte sie erleichtert und verschwand so schnell, wie sie gekommen war.

Chrissie warf Erik einen amüsierten Blick zu. »Wenn das mal nicht die letzte Matheklausur war!«

»Oder Chemie.« Erik grinste. »Stefanie hat beide Arbeiten verhauen, soweit ich mich erinnern kann. Die Verbrennungsaktion hätte ich ihr gar nicht zugetraut.«

»Ich auch nicht«, sagte Chrissie nachdenklich. »Na ja, ist zumindest eine Möglichkeit, Druck abzulassen. Vielleicht sollte ich es auch mal ausprobieren. Ich fürchte nur, es hilft nichts. Die anderen werden trotzdem weitersticheln.« Chrissie wirkte auf einmal richtig verloren. Die Schneeflocken hatten sich in der breiten Krempe ihrer Filzmütze eingenistet, die weder dieses noch letztes Jahr modisch gewesen war.

Ihre Resignation machte Erik wütend. Er hatte es noch nie akzeptiert, wenn jemand behauptete, dass es keine Lösung für ein Problem gab. Das feuerte ihn nur an, so lange zu tüfteln, bis ihm etwas einfiel. Er starrte Fiona und Leopold an, die gerade eine Pause beim Knutschen einlegten. Fiona schmiegte ihren Kopf an Leopolds Schulter. Mit großen Kulleraugen sah sie zu ihm auf, während er anfing über Politik zu reden. War sie wirklich so naiv oder spielte sie nur das kleine Mädchen, das ihren tollen, klugen Freund bewunderte?

Plötzlich schoss Erik eine Idee durch den Kopf. Eine Idee, die so verrückt war, dass er nicht wusste, ob er sie Chrissie erzählen sollte. Ohne es zu merken, scharrte er mit den Füßen ein Häufchen Kies zusammen.

»Was ist los? Du bist ja ganz hibbelig«, sagte Chrissie.

Erik hörte auf zu scharren. Chrissie hatte schon so viele Dinge mit ihm geteilt, sie war der einzige Mensch, von dem er wusste, dass er ihn nicht auslachen würde. Also machte Erik den Mund auf, schluckte ein paar an Kristallisationsteilchen angelagerte, gefrorene Wassertropfen und sagte: »Es gibt schon etwas, das wir machen könnten, um endlich Ruhe zu haben. Niemand würde uns mehr aufziehen, niemand würde uns Kontaktanzeigen und Flirtratgeber zuschieben.«

Chrissie sah ihn mit der Skepsis an, die sie sich zugelegt hatte, seit sie sich mit Quantenphysik und schwarzen Löchern beschäftigte. »Tut mir leid, aber ich glaube schon länger nicht mehr an den Weihnachtsmann.«

»Das musst du auch nicht«, sagte Erik. Vorsichtshalber zog er sie weg vom Glühweinstand und verschwand mit ihr hinter einer Pommesbude. Dort vergewisserte er sich, dass sie keine neugierigen Zuhörer hatten. Dann raunte er Chrissie zu: »Tun wir den anderen den Gefallen. Spielen wir einfach ein Liebespaar.«

Chrissie fuhr ruckartig mit ihrem Kopf zurück. Eine kleine Schneeflockenlawine rieselte von ihrer Filzmütze. »Das ist jetzt nicht dein Ernst, oder?«

Erik grinste verlegen. »Doch, warum nicht? Natürlich tun wir nur so, als ob wir zusammen wären. Ansonsten bleibt zwischen uns alles, wie es war.«

Chrissie krauste die Nase. Auf ihrer Stirn entstand eine kleine Falte, die immer dann auftauchte, wenn sie kurz davor war, einen Vorschlag oder eine Lösung zu akzeptieren. Zum Glück war es diesmal auch so. »Also gut, Erik«, sagte sie schließlich. »Ich bin dabei!«

Der Schalk blitzte aus ihren Augen, als sie sich bei ihm unterhakte und den Kopf an seine Schulter lehnte. Für einen kurzen Moment befürchtete Erik, dass sie ihm auch noch einen Kuss auf die Wange drücken wollte, aber er konnte sich auch getäuscht haben. Vielleicht war das der geheime Grund, warum Chrissie Mützen mit breiten Krempen bevorzugte. Die waren praktisch *und* kussresistent. Wie auch immer, Erik empfand den Körperkontakt auch so schon als dicht genug.

»Dann mal los«, flüsterte er und setzte das leicht dämliche

Grinsen auf, das Moritz heute Morgen gehabt hatte, als er ihm von seiner Dreiecksgeschichte erzählt hatte. Es war ungewohnt, so eng umschlungen zu laufen. Erik musste aufpassen, dass er mit seinen langen Beinen Chrissie nicht in die Quere kam. Komischerweise ging es irgendwie.

»Ich liebe dich«, flüsterte Chrissie in sein Haar hinein.

Erik presste die Lippen aufeinander, um nicht laut loszulachen. »Ich dich auch«, murmelte er und legte seinen Arm so cool wie möglich um ihre Schulter. Jetzt trennten sie nur noch wenige Meter vom Glühweinstand, wo sie sofort jede Menge Aufmerksamkeit erregten.

Amelie rempelte Fiona an. »Sieh mal, wer da kommt!«

Widerwillig löste Fiona ihre Lippen von Leopolds Mund, aber dann war ihre Begeisterung umso größer. »Das glaub ich jetzt nicht! Leopold, Giselle, seht nur: Erik and Chrissie in love! Los, sagt schon, seit wann seid ihr zusammen?«

»Verraten wir nicht«, antwortete Chrissie mit einem geheimnisvollen Lächeln.

Giselle zwinkerte ihr zu. »Würde ich an deiner Stelle auch nicht tun. Glückwunsch!«

»Danke«, sagte Chrissie. Ihre Wangen glühten, obwohl sie immer noch keinen Vitamin-Punsch getrunken hatte.

Leopold nickte Erik zu, als hätte er gerade seine politische Antrittsrede als Bundeskanzler gehalten. »Respekt. Willkommen im Klub!«

Während Erik noch rätselte, was für ein Klub das sein sollte – der Klub der Glühweintrinker oder der Klub der Mund-zu-Mund-Beatmer –, klopfte ihm Moritz mit seinen Holzfällerhänden auf die Schulter. »Du bist ja einer! Warum hast du mir heute

Morgen nichts verraten? Wolltest wohl dein süßes Geheimnis für dich behalten, was?«

Erik verpasste Moritz einen Stoß in die Rippen. »Genau. Kleiner Tipp von Mann zu Mann: Über Frauen spricht man nicht. Der Kenner genießt und schweigt.«

»Äh … ach so, klar. Finde ich auch.« Moritz wurde plötzlich nervös und sagte zu seiner Freundin Lisa, die offensichtlich nichts von der coolen Dreiecksgeschichte wusste: »Komm, Baby! Chemie fängt gleich an.«

»Wir müssen auch los, mein Engel.« Chrissie sah bewundernd zu Erik auf. »Bringst du mich zurück zur Schule?«

»Ich bring dich überallhin«, hörte Erik sich sagen. Ein Schwall Zimtduft wehte vom Lebkuchenstand herüber. Für eine Nanosekunde konnte Erik verstehen, warum die Leute einmal im Jahr verrückt spielten.

GEHEIMPROJEKT GABRIEL

Kein Mensch hatte Penelope verboten alleine ins *Café Mozart* zu gehen. Weder ihre Eltern, die sowieso ziemlich locker drauf waren, noch Alina, die heute Nachmittag Klavierstunde hatte. Penelope verletzte damit auch nicht ihr Montag-Freundschaftsritual, denn heute war Donnerstag. Alles war okay und trotzdem kam sie sich vor wie eine Verräterin, als sie den Schnee von ihren Stiefeln klopfte und um Punkt drei das gut gefüllte Café betrat.

Toni hatte alle Hände voll zu tun. Sie wirbelte hinter der Theke mit Tassen und Gläsern, holte einen Gewürzkuchen aus dem Ofen und nahm auch noch die Getränkelieferung in Empfang. Der Stress schien an ihr wie Sprudelwasser abzuperlen. »Hallo Penelope!«, rief sie lächelnd. »Na, heute mal ohne deine Freundin unterwegs?«

»Hm …«, machte Penelope, nahm ihre beschlagene Brille ab und rieb sie mit einem Taschentuch blank.

Toni fragte zum Glück nicht weiter. »Wie immer?«, wollte sie bloß wissen.

Penelope nickte. »Äh … ja, wie immer.« Es war ihr nur recht, dass Toni keine Zeit für ein Schwätzchen hatte. Sie setzte ihre Brille wieder auf und scannte unauffällig das Lokal. Ihr Zielobjekt war noch nicht eingetroffen. Umso besser. Penelope sah sich suchend nach einem freien Platz um. Die Sofaecke am Fenster war besetzt, aber daneben war noch ein kleiner Tisch frei, von dem man einen guten Blick auf die Eingangstür hatte.

»Perfekt«, murmelte Penelope, lief hinüber und sicherte sich den Platz. Nachdem sie sich aus ihrer Winterjacke geschält hatte, lehnte sie sich wohlig seufzend in dem Korbstuhl zurück. Hübsch sah das Café aus. Auf jedem Tisch lag ein kleines Gesteck mit einer brennenden Adventskerze. Die geblümten Vorhänge hatten dunkelgrüne Kordeln bekommen und draußen auf den Fensterbrettern lagen watteweiche Polster aus Schnee.

»Eine heiße Schokolade und ein Zimt-Muffin«, riss Toni sie aus ihren Gedanken. »Und zwei Extrakekse für dich. Möchtest du was lesen? Soll ich dir vielleicht eine Zeitschrift bringen?«

»Nein, danke«, sagte Penelope. »Lieb von dir, Toni, aber ich mag es, die Leute zu beobachten, wenn ich alleine im Café sitze.«

Toni lachte. »Geht mir genauso, wenn ich mal freihabe. Leider kommt das nicht mehr so häufig vor, seit ich eine kleine Tochter habe. Also dann, genieße deinen Nachmittag!« Sie verschwand im Laufschritt, um die nächsten Bestellungen aufzunehmen.

Penelope biss in ihren Muffin und nahm anschließend einen Schluck heiße Schokolade. Beides war ziemlich süß und klebrig, was ihr bisher nie aufgefallen war. Zusammen mit Alina machte das Kalorienbomben-Ritual eindeutig mehr Spaß, aber das war eigentlich logisch. Penelope schob ihren Teller weg. Das schale Gefühl vom Anfang war zurückgekehrt, sie fühlte sich irgendwie schuldig, obwohl sie nichts Verbotenes getan hatte, *noch* nicht.

Penelope hatte Toni nämlich nicht die volle Wahrheit erzählt. Sie wollte nicht irgendwelche Leute beobachten, sondern wartete auf jemand ganz Bestimmten. Janine, die immer alles über alle Jungen wusste, hatte ihr verraten, dass der gewisse Jemand oft am Donnerstag zwischen drei und vier Uhr mit seinen

Freunden ins *Café Mozart* kam. Janine gehörte eigentlich nicht zu ihren Freundinnen, aber in diesem Fall hatte Penelope dankbar auf ihr Insiderwissen zurückgegriffen.

»Äh … Hallo? Ist der Tisch neben dir noch frei?« Ein Mädchen mit kastanienbraunen Haaren stand in einer kleinen Pfütze aus geschmolzenem Schneewasser, die ihre schwarzen Wildlederstiefel hinterlassen hatten. Sie musste demnach schon eine Weile vor Penelopes Tisch gewartet haben.

Penelope schreckte hoch. »Natürlich, klar!«

»Super«, sagte das Mädchen. Sie lud ihre Einkaufstüten auf einem der drei Stühle ab und setzte sich.

Erst jetzt bemerkte Penelope, dass sie nicht alleine da war. Ihr Freund, ein intellektueller Typ mit markanter Brille, kam Penelope bekannt vor. Er wirkte erschöpft, was wahrscheinlich daran lag, dass seine Freundin ihn durch sämtliche Geschäfte der Stadt geschleift hatte. Penelope sah noch mal genau hin und erkannte die beiden. Sie fuhren mit ihr im Schulbus und waren anscheinend noch nicht lange zusammen. Sobald sie saßen, hielten sie ununterbrochen Händchen, sahen sich verliebt in die Augen und flüsterten dauernd ihre Namen: »Leopold!« – »Fiona!« – »Leopold!« – »Fiona!«

Nachdem sie das Namensspielchen ausgiebig betrieben hatten, hörte Penelope, wie Leopold fragte: »Wann treffe ich denn jetzt endlich den wichtigsten Mann in deinem Leben?«

Fiona kicherte. »Den wichtigsten Mann? Das bist doch du!«

»Komm schon, Fiona«, sagte Leopold. »Wann stellst du mir deinen Vater vor?«

Fiona sprang auf und winkte Toni zu. »Wir würden gern was bestellen.«

»Bin gleich da«, rief Toni und war auch sofort zur Stelle. Nachdem Fiona und Leopold zwei Milchkaffee bestellt hatten und wieder alleine waren, wiederholte Leopold seine Frage. »Also, wann kann ich Ben kennenlernen?«

»Bald …«, sagte Fiona zögernd. »Aber diese Woche ist es schlecht, da ist er verreist. Nächste Woche dreht er wieder und dann ist ja auch schon Weihnachten.« Sie hob entschuldigend die Arme. »Ich tue wirklich alles, aber ich kann dir nichts versprechen, okay?«

»Okay«, sagte Leopold und gab seiner Freundin einen leidenschaftlichen Kuss.

Penelope, die das Gespräch mehr oder weniger freiwillig verfolgt hatte, war sich ziemlich sicher, dass diese Fiona nicht die Absicht hatte, ihren Vater und ihren Freund zusammenzubringen. Die Gründe, die sie aufgezählt hatte, klangen jedenfalls verdächtig nach Ausflüchten. Irgendetwas verheimlichte Fiona. Aber das ging Penelope natürlich nichts an.

Seufzend drehte sie den beiden den Rücken zu und konzentrierte sich wieder auf den Eingang des Cafés. Zwei Omas kamen herein und eine Gruppe Studenten. Der gewisse Jemand ließ auf sich warten. Penelope trank ihre heiße Schokolade aus und aß aus Langeweile den Muffin und die zwei Kekse, obwohl sie eigentlich keinen großen Hunger hatte. Danach fühlte sie sich wie eine ausgestopfte Weihnachtsgans, nur nicht so träge. Nervös warf Penelope einen Blick auf ihre Armbanduhr. Schon vier Uhr! Hatte Janine sich im Tag geirrt? Oder hatte ihr Zielobjekt den Grippevirus aufgeschnappt, den sie auch schon erwischt hatte?

Vom Nebentisch kamen schmatzende Knutschgeräusche. Penelope hielt es nicht mehr länger auf ihrem Stuhl aus. Sie beschloss eine kleine Runde durchs Café zu drehen, um sich wenigstens ein bisschen die Beine zu vertreten. Anschließend setzte sie sich an die Bar. Hinter dem Tresen stapelte sich das schmutzige Geschirr. Toni war gerade dabei, die Spülmaschine auszuräumen und neu zu bestücken. »Möchtest du noch was haben?«, fragte sie lächelnd. »Noch eine heiße Schokolade vielleicht?«

Penelope rieb sich stöhnend den Bauch. »Bloß keinen Zucker mehr! Aber ein Glas Leitungswasser wär super.«

»Bekommst du«, sagte Toni.

Sobald das große Wasser vor ihr stand, trank Penelope es gierig in einem Zug aus. Der Zuckerkloß in ihrem Magen löste sich endlich auf, dafür musste sie dringend aufs Klo. Tolles Timing, wo jeden Moment der gewisse Jemand durch die Tür spazieren konnte. Aber es half nichts, die Blase drückte zu sehr. Penelope flitzte auf die Toilette, beeilte sich extra und war höchstens zwei Minuten später zurück an der Bar. Der gewisse Jemand war immer noch nicht da.

Jetzt hätte sie gerne ein bisschen mit Toni gequatscht, aber die stand an der Tür und unterhielt sich mit einem Mädchen, das ziemlich durcheinander wirkte. Penelope sah das Mädchen nur von hinten, aber sie konnte ihre Augen nicht von ihr lösen. Dann fuhr sich das Mädchen mit der Hand durch die hellbraunen Locken und Penelope war verzaubert.

Die Uhren hörten auf zu ticken.

Der Cafélärm verebbte.

Stille.

Penelope lauschte. Bildete sie sich das ein oder konnte sie jetzt die Haare des Mädchens leise knistern hören? Wie Goldpapier, wenn man es zu Sternen faltete.

Das goldene Mädchen sagte: »Es ist wirklich wichtig, Toni! Bitte tu mir den Gefallen. Du musst es doch nur aufbewahren und jeden Jungen, auf den meine Beschreibung passt, fragen, ob er etwas verloren hat.« Ihre Stimme hatte trotz Aufregung einen weichen Klang.

Toni stöhnte. »*Nur* ist gut! Du weißt doch, dass vor Weihnachten hier jeden Tag die Hölle los ist. Wie soll ich das schaffen?«

Das Mädchen legte den Arm um Toni. Sie tat es mit einer fließenden, selbstverständlichen Bewegung und für einen kurzen Augenblick glaubte Penelope den sanften Druck auf ihren eigenen Schultern zu spüren.

»Wenn jemand es schaffen kann, dann du. Bitte, bitte!«, sagte das Mädchen.

Toni seufzte. »Okay, okay. Gib schon her. Aber jetzt mach den Abflug, Nicolas wartet bestimmt schon sehnsüchtig darauf, dass du ihm die Kleine abnimmst.«

»Ich fliege!« Das Mädchen gab Toni einen Kuss auf die Nase, schüttelte ihre Locken und verschwand. Sie ließ einen Goldregen zurück und eine Penelope, die unglaublich verwirrt war. Ganz still saß sie da, mit klopfendem Herzen, und versuchte die Zeit noch ein bisschen anzuhalten.

Doch die Uhren tickten weiter.

Der Cafélärm schwoll an.

Und dann kam Gabriel mit seinen Freunden.

Penelope musste ihre Träume auf später verschieben. Schnell sprang sie vom Barhocker und lief Gabriel entgegen, mit dem leicht wiegenden Gang, den Alina irgendwann einmal mit »cooler Cowboy« umschrieben hatte.

Alina. Sie würde ausrasten, wenn sie wüsste, was Penelope

vorhatte. Zum Glück wusste sie es nicht und Penelope verabschiedete ihr schlechtes Gewissen kurzerhand schon mal ins Wochenende. Ja, sie würde ihr hoch und heilig gegebenes Ehrenwort brechen, aber nur, weil sie wollte, dass ihre beste Freundin glücklich wurde. Alina würde sich nie im Leben trauen Gabriel anzusprechen. Also musste sie das in die Hand nehmen.

Der Cowboygang hatte Gabriels Aufmerksamkeit geweckt. Als sie vor ihm stand, stützte sie eine Hand auf der Taille ab und schob ihre Schulter nach vorne, eine Modelpose, die sonst Janine gerne zum Einsatz brachte. »Hi Gabriel! Hast du kurz Zeit für mich? Ich muss was Wichtiges mit dir besprechen – unter vier Augen«, fügte sie hinzu, weil Gabriels Freunde ihr bereits auf die Pelle rückten.

Gabriel blinzelte verschlafen. Den Blick hatte er sich von Robert Pattinson abgeschaut. Bei fünfundneunzig Prozent der Mädchen hatte er damit durchschlagenden Erfolg. Penelope war froh, dass sie zu den restlichen fünf Prozent gehörte. Was sie jetzt brauchte, war ein klarer Kopf.

Gabriel war etwas irritiert, weil Penelope weder rot noch nervös wurde, das merkte sie sofort. Er legte den zweiten Gang ein und lächelte sparsam mit geschlossenen Lippen. »Klar hab ich Zeit. Geht schon mal vor, Leute.«

Seine Freunde wären nur zu gern geblieben, um zu sehen, was Penelope wollte. Erst als Gabriel sie ein zweites Mal aufforderte, trollten sie sich.

Penelope zeigte auf die Bar, wo gerade zwei Plätze frei wurden. »Setzen wir uns. Toni? Zwei Cola bitte, mit Eis.« Das hörte sich ziemlich cool an und Penelope konnte kaum glauben, dass sie das wirklich gesagt hatte.

»Jetzt bin ich aber gespannt«, sagte Gabriel. Er nahm das eiskalte Glas entgegen, sog am Strohhalm und sah sie ungeniert an.

Penelope nahm einen Schluck Cola, um ihre Aufregung zu verbergen. Dann sagte sie lächelnd: »Es gibt da jemanden, den du unbedingt näher kennenlernen solltest.«

Gabriel stellte sein Glas ab. »Wen meinst du?« Plötzlich wirkte er überhaupt nicht mehr verschlafen.

Penelope ließ ihn ein bisschen zappeln. »Jemand ganz Besonderes. Aber die Sache ist nicht so einfach, wie du glaubst. Ohne Einfühlungsvermögen läuft gar nichts. Bringst du das mit?«

»Klar!«, sagte Gabriel eine Spur zu schnell.

Penelope geriet ins Zweifeln. War Gabriel wirklich der Richtige für Alina? Was gab ihr die Sicherheit, dass er ihrer besten Freundin nicht das Herz brechen würde? Doch Gabriel überraschte sie. Er hörte auf, den coolen Typen zu spielen, zumindest für einen kurzen Moment. Seine graublauen Augen waren offen und ehrlich auf Penelope gerichtet. Das gab den Ausschlag.

Penelope ließ den Namen wie einen Zimtstern auf der Zunge zergehen: »A-l-i-n-a.«

»Alina?«, wiederholte Gabriel. »Ist das eine Freundin von dir?«

Penelope schüttelte den Kopf. »Nicht *irgendeine*, Alina ist meine beste Freundin. Und wenn du es richtig anstellst, seid ihr vielleicht bald schon zusammen.«

Die Neuigkeit verschlug Gabriel offensichtlich die Sprache, was Penelope noch nie bei ihm erlebt hatte. Das konnte nur ein gutes Zeichen sein. Sie wartete einen Moment, dann schob sie Gabriel eine kleine Karte zu. »Alinas Handynummer.«

Gabriel schluckte. Die fast schüchterne Art, wie er vorsichtig die Karte in die Hand nahm, rührte Penelope. Vielleicht war er in Wirklichkeit gar nicht so cool. Vielleicht war das nur die Fassade, an der sie eben gekratzt hatte und hinter der sich ein sensibler, warmherziger Junge versteckte.

Penelope beugte sich zu Gabriel. »Dir ist aber schon klar, dass das Ganze unter uns bleibt. Wenn deine Freunde dich ausquetschen wollen: Wir haben uns nur übers Wetter unterhalten.«

Gabriel steckte grinsend die Karte ein. »Hoffentlich bleibt der Schnee liegen. Dann kriegen wir endlich mal wieder weiße Weihnachten.«

»Das wär schön!« Penelope stand auf, nahm ihr Colaglas und ging damit zurück zu ihrem Tisch.

Gabriel schlenderte zu seinen Fußballfreunden. Sie hatten den Stammplatz von Alina und Penelope erobert und lümmelten in der Sofaecke. »Was wollte denn die Kleine von dir? Ist das nicht Penelope aus der Parallelklasse?«

»Ach, nichts«, hörte Penelope Gabriel sagen. Aus den Augenwinkeln sah sie, wie er sich zwischen seine Freunde aufs Sofa quetschte. »Wir haben übers Wetter geredet.«

Penelope nickte zufrieden. Doch sie hatte sich zu früh gefreut.

»Das Wetter?« Die Jungs schlugen sich auf die Schenkel. »So nennt man das also heute, ha, ha, ha! Gib's zu, das war eine neue Verehrerin.«

Als sie sich wieder beruhigt hatten, sagte Gabriel: »Penelope steht nicht auf mich, aber ihre Freundin Alina. Sie hat Penelope als Dolmetscher vorgeschickt, weil sie Angst hat, mit mir zu reden.«

»Alina!«, grölten die Jungs im Chor. »Alina, Alina!«

Penelope konnte es nicht glauben. Und dann passierte die

Megakatastrophe. Der Zufall, mit dem Penelope nicht gerechnet hatte, weil er so unwahrscheinlich war wie Blitzeinschlag im Winter, Süßwasser im Meer und Ostereier unterm Christbaum.

In dem Moment, als Gabriel und seine Freunde es geschafft hatten, mit ihrem Gejohle die Aufmerksamkeit sämtlicher Café-besucher einschließlich Fiona und Leopold zu gewinnen, ging die Tür auf und Alina kam herein. Einen Handschuh hatte sie schon ausgezogen, der andere schwebte in der Luft, weil sie vergaß ihn einzustecken. Stocksteif blieb sie in der offenen Tür stehen und starrte zu Gabriels Tisch herüber. In ihrer braunen Winterjacke wirkte sie wie ein Reh, das unbeschwert aus dem Wald herauslief und plötzlich in die Mündung einer Schrotflinte blickte.

Die Jäger drückten ab. Ihre Munition bestand zwar nur aus dummen Sprüchen, aber Penelope wusste, dass diese Sprüche die völlig unvorbereitete Alina mitten ins Herz trafen.

»Hallo Alina! Seit wann stehst du auf Gabriel?« – »Träumst du jede Nacht von ihm?« – »Willst du ein Autogramm von ihm? Oder einen Kuss? Du traust dich nicht? Dann schick doch wieder Penelope vor. Aber sag ihr, sie muss sich anstellen. Es gibt jede Menge Mädchen, die vor dir dran sind.«

Alina ließ ihren Handschuh fallen. Sie war weiß wie eine Wand. Alle Gäste starrten sie an. Einige grinsten. Nur Toni machte ein empörtes Gesicht und warf Gabriels Freunden einen finsteren Blick zu.

Vor Jahren hatten Penelope und Alina mit dem Kinderchor auf dem Weihnachtsmarkt gesungen, als wegen eines Strom-schlags die Lautsprecher ausgefallen waren. Penelope und Alina hatten es als Einzige nicht mitbekommen und lautstark weitergesungen. Damals wäre Penelope am liebsten nach Bethlehem ausgewandert. Heute hätte sie gerne in Australien ein neues Leben angefangen.

Ihre Knie zitterten so stark, dass sie kaum aufstehen konnte. »Danke, Leute, danke. Die Show ist vorbei, ihr könnt jetzt weiteressen.«

Lachend beugten sich die Gäste über ihre Teller. Fiona kicherte, bis Leopold ihr mit einem Kuss den Mund verschloss. Gabriel fing ein harmloses Gespräch über Fußball an. Bald war wieder Ruhe eingekehrt im Café, die Ruhe vor dem Sturm. Alinas Gesichtsfarbe wechselte von Weiß zu Feuerrot. Plötzlich schoss sie wie eine Furie auf Penelope zu und packte sie am Arm. Wortlos schleifte sie ihre Freundin zwischen den Tischen hindurch zum Ausgang.

»Was ... was hast du vor?«, stammelte Penelope. Auf einmal bekam sie Angst. So hatte sie Alina noch nie erlebt. Ihre beste Freundin sah aus wie ein Vulkan kurz vorm Ausbruch. Schweigend machte sie die Tür auf und zog Penelope hinaus auf den Gehsteig. Ein Haus weiter, wo die Cafébesucher sie nicht mehr durch die Glasscheiben sehen konnten, blieb sie stehen.

Und dann kam er, der Vulkanausbruch. All die Wut, die Alina mühsam zurückgehalten hatte, brach sich jetzt Bahn. »Wie konntest du mir das antun? Du hast mir versprochen mein Geheimnis für dich zu behalten! Ich hab mich auf dich verlassen. Und was tust du? Rennst bei der erstbesten Gelegenheit zu Gabriel hin. Bist du völlig verrückt geworden?« Alina schnappte kurz nach Luft, dann presste sie die Lippen zusammen. »Und erzähl mir jetzt bloß nicht, dass du seit neuestem auch auf Gabriel stehst. Das nehm ich dir nämlich nicht ab.«

Penelope suchte verzweifelt die richtigen Worte. »Gabriel ist mir total egal. Ich wollte, dass *du* glücklich wirst. Ich hab ihm doch bloß deine Handynummer gegeben und …«

Alina hielt sich die Ohren zu. »Ich will das nicht hören! Du machst alles bloß noch schlimmer. Nur eine Frage hab ich noch: Geht es dir jetzt besser, nachdem du alles zerstört hast, meine erste große Liebe, unsere Freundschaft …«

Penelope schüttelte den Kopf. Tränen schossen ihr in die Augen. Alina hatte hundertmal, tausendmal Recht. Sie hätte sich gleich denken können, dass Gabriel sich einen Spaß aus der Sache machen würde. Sie hatte einen Riesenfehler begangen. »Es tut mir so leid«, murmelte sie, »so wahnsinnig leid …«

»Mir auch!«, sagte Alina, die auf einmal wieder ganz ruhig geworden war. Langsam schob sie den linken Ärmel ihrer Winterjacke und den schwarzen Pullover darunter zurück. Noch bevor Penelope das leise Klirren hörte, ahnte sie, was Alina vorhatte. Bis zuletzt hoffte sie, ihre Freundin würde es nicht tun, aber Alina tat es. Sie löste den Verschluss ihres Bettelarmbands, griff nach Penelopes Hand und ließ es hineingleiten. Das Silber war noch warm von Alinas Haut, aber zwischen Penelopes Fingern fühlte es sich an wie ein Eisklumpen.

Alina räusperte sich. Ihre Stimme klang rau, als sie sagte: »Das war's. Ich kündige unsere Freundschaft auf. Und ich will nichts mehr mit dir zu tun haben.« Die Worte kamen mit einer dicken, weißen Atemwolke aus ihrem Mund. Einer Wolke, die sich wie eine Mauer zwischen ihnen ausbreitete.

»Bitte, Alina, ich kann dir alles erklären …«, versuchte Penelope es noch einmal.

»Nein.« Alinas letztes Wort war so leise, dass es im Lärm der vorbeifahrenden Autos unterging. Penelope konnte es trotzdem an ihren Lippen ablesen.

Dann drehte Alina sich um und rannte davon.

Als sie weg war, begann es wieder zu schneien. Penelope weinte. In ihrem Mund vermischten sich die geschmolzenen, kühlen Schneeflocken mit dem Salz ihrer Tränen.

LÜGEN HABEN KURZE BEINE

»War Ben der Auslöser dafür, dass du in der Theater-AG bist?«, fragte Leopold.

Er und Fiona schlenderten nach der Mittagspause Händchen haltend zur Aula. Es stand wieder eine Probe an, aber sie hatten es nicht besonders eilig.

Beinahe hätte Fiona die Wahrheit gesagt. Dass sie ihrem durchschnittlichen Leben wenigstens eine interessante Note hatte verleihen wollen. Dafür kamen Kreatives Schreiben, die Band-Werkstatt oder die Theater-AG in Frage. Es war mehr oder weniger Zufall gewesen, dass sie sich schließlich fürs Theater entschieden hatte, aber das konnte sie Leopold natürlich nicht erzählen. Also strickte sie weiter an ihrem Lügenpullover. Auf eine Unwahrheit mehr oder weniger kam es jetzt auch nicht mehr an. »Nein, ich war gar nicht so scharf aufs Theater, weil ich nicht dasselbe machen wollte wie Ben«, behauptete sie, »aber er hat gemeint, ich hätte Talent, das dürfte ich auf keinen Fall verkümmern lassen.«

Leopold sah sie lächelnd von der Seite an. »Klar, du bist ja mehr oder weniger mit Theaterluft groß geworden. Muss toll gewesen sein als Kind. Du warst sicher oft bei den Proben dabei.«

»So oft es eben ging.« Fiona verdrehte die Augen. »Meistens war es gar nicht so spannend. Es wiederholt sich auf Dauer, weißt du. Immer dieselben Intrigen, der ewige Zickenkrieg der

Schauspielerinnen und all die großen, berühmten Regisseure, die sich für unsterbliche Götter halten.«

»Ich glaub dir kein Wort.« Leopold blieb im Gang vor der Aula stehen. »Es war sicher ziemlich spannend für dich. Hab ich ein Glück, dass du dich mit einem No-Name-Schauspielschüler wie mir abgibst!« Er schob seine Brille an den Rand der Nasenspitze und zwinkerte ihr zu.

Fiona nahm ihm die Brille weg, um sein Gesicht großflächig mit Küssen zu bedecken. Wenn Leopold gewusst hätte, dass es genau umgekehrt war! *Sie* war die Glückliche und konnte es immer noch nicht fassen, dass sie sich den klügsten, tollsten Jungen an der Schule geangelt hatte. Jeden Morgen wurde sie mit dem unglaublichen Gefühl wach, schon wieder ein Türchen am Adventskalender ihrer Lovestory öffnen zu dürfen.

»Wird hier etwa herumgeknutscht? Wie oft hab ich es euch schon gesagt! Ihr müsst lernen eure Hormonschwankungen zu kontrollieren.« Die schnarrende, tadelnde Stimme hinter Fionas Rücken konnte nur von einer Person stammen: Frau Haller, Geschichtslehrerin und im Nebenberuf Sittenwächterin am Gymnasium.

Fiona fuhr herum. »Entschuldigen Sie, Frau Haller, wir …« Mitten im Satz stockte sie. Vor ihr stand gar nicht die Geschichtslehrerin, sondern Stefanie.

»Da gibt es keine Entschuldigung!« Stefanie drohte mit dem Zeigefinger, genauso wie Frau Haller es immer machte. »Knutschen ist nur auf der Bühne erlaubt, unter Aufsicht des Publikums. Habt ihr verstanden?«

»Jawohl, Frau Haller!«, riefen Fiona und Leopold wie aus einem Mund. Dann prusteten sie alle drei auf Kommando los.

Leopold wischte sich eine Lachträne aus den Augenwinkeln. »Ich wusste gar nicht, dass du so perfekt Stimmen nachahmen kannst.«

»Tja«, sagte Stefanie. »Das ist nur eines meiner vielen verborgenen Talente.« Mit wippendem Pferdeschwanz ging sie an Fiona und Leopold vorbei in die Aula und hinterließ einen Hauch Vanilleparfum.

»Dann sollten wir uns beeilen ganz schnell auf die Bühne zu kommen.« Leopold holte sich seine Brille zurück und öffnete schwungvoll eine der Flügeltüren. »Bitte nach Ihnen, Countess Vanessa Fairfex!« Er machte eine tiefe Verbeugung.

»Vielen Dank, Jeeves!«, sagte Fiona gnädig.

Die neue Rolle war noch ungewohnt, aber Fiona fand es lustig, sie auch im Alltag weiterzuspielen. In Oscar Wildes Kriminalkomödie verkörperte sie eine junge Verwandte von Lord Arthur, deren Intelligenz sich vorwiegend darauf beschränkte, die Erste am Büfett zu sein. Eine dankbare Nebenrolle, die gleich zwei Vorteile hatte: Fiona würde als mit Kissen ausgestopfter barocker Putto die Lacher der Zuschauer auf ihrer Seite haben. Und sie musste nur wenig Text lernen und würde genug Zeit für Leopold haben. Dessen Rolle als resoluter, ironischer Butler, der in seiner Freizeit Shakespeare las, war etwas aufwendiger. Dafür war sie Leopold wie auf den Leib geschnitten.

»Da seid ihr ja endlich«, begrüßte Herbert sie ungeduldig. »Beeilt euch, wir wollen anfangen!«

»Ja, ja, wir kommen schon …« Fiona fand den Wirbel, den Herbert immer veranstaltete, völlig übertrieben. Er tat so, als ob es außer seiner Theater-AG nichts anderes auf der Welt gäbe.

Sie und Leopold stiegen gemächlich die Stufen hinab und

legten in der ersten Zuschauerreihe ihre Taschen und Winterjacken ab. Fionas Chucks hatten Schneeränder bekommen und waren durchgeweicht. Trotzdem waren sie tausendmal bequemer als die Wildlederstiefel, die sie auf der Party getragen hatte. Seit Leopold ihr verraten hatte, dass er sie am schönsten fand, wenn sie keinen großen Aufwand mit Klamotten und Make-up betrieb, war sie mit großer Erleichterung zu ihren Lieblingsschuhen zurückgekehrt.

»Seid ihr jetzt endlich so weit?« Herbert krempelte die Ärmel seines Hemds hoch. Es war rosa – erste Peinlichkeit – und er trug dazu eine schwarze Lederweste – zweite Peinlichkeit. Herbert gehörte zu den Lehrern, die zwanghaft jugendlich bleiben und unbedingt geduzt werden wollten. Fiona fand das einfach nur albern. Letztes Schuljahr hatte sie sogar überlegt, seinetwegen aus der Theater-AG auszusteigen. Zum Glück hatte sie es nicht getan, sonst könnte sie jetzt nicht so viel Zeit mit Leopold verbringen.

Um Herbert nicht zu verärgern, beeilte Fiona sich jetzt doch etwas und schlüpfte zusammen mit Leopold in den Kreis der Schauspielschüler. Heute gab es keine Stühle mehr. Das bedeutete, dass sie gleich mit Improvisationsübungen anfangen würden. Sie klatschten sich zu, tanzten, warfen Assoziationsbälle hin und her, klopften gegenseitig ihre verspannten Muskeln ab und hörten mit einem kleinen Stimmtraining auf.

»Das genügt für heute«, sagte Herbert. »Ich möchte gerne zwei Szenen proben, in denen die weiblichen Hauptfiguren eingeführt werden. Zuerst das Gespräch zwischen Nadia und Arthur nach der gemeinsam verbrachten Nacht. Und danach das Zusammentreffen der Verlobten Sybil und Arthur.« Er warf

Stefanie einen väterlich besorgten Blick zu. »Du bist dir wirklich sicher, dass du die Sybil spielen möchtest? Und du weißt, dass du Lord Arthur küssen musst?«

»Ich weiß«, antwortete Stefanie mit einem Seitenblick auf Mattis, der neben ihr stand und den Boden nach unsichtbaren Staubteilchen absuchte.

Nur weil Fiona genau hinsah, merkte sie, dass Stefanie ein klein wenig rot geworden war. Trotzdem erklärte sie freimütig: »Das passt sogar sehr gut. Ich arbeite unsere Beziehung nämlich gerade mit verschiedenen Abschiedsritualen auf.«

»Du machst was?« Mattis hob ruckartig den Kopf. Dann kniff er seine Augen zu zwei schmalen Schlitzen zusammen.

»Ich vollziehe Abschiedsrituale«, wiederholte Stefanie langsam, als ob sie mit einem kleinen Kind reden würde. »Zum Beispiel habe ich mich im Schwimmbad symbolisch gereinigt. Ich habe im *Café Mozart* unsere Lieblingskuchen gegessen. Und ich habe alle deine Briefe ein letztes Mal gelesen und danach feierlich verbrannt.«

Plötzlich erinnerte Fiona sich wieder an die seltsame Szene beim Glühweinstand. Damals hatte sie vermutet, dass Stefanie Seiten aus einem Buch ins Feuer geworfen hatte. So etwas hatte Fiona vor Jahren mit einem unsäglich schlechten Liebesroman gemacht. Der Effekt war allerdings gewesen, dass sich ihr ausgerechnet die Handlung dieses Romans besonders ins Gedächtnis eingebrannt hatte.

»Musst du das unbedingt hier erzählen?«, murmelte Mattis. »Da kannst du es ja gleich auf deiner Facebook-Seite veröffentlichen.«

Stefanie seufzte. »Ich hab geahnt, dass du es nicht verstehen würdest. In anderen Kulturen werden Rituale immer in der Gemeinschaft vollzogen. In Afrika zum Beispiel gibt es einen Stamm, der ...«

Herbert räusperte sich. »Äh ... das ist alles sehr interessant, aber ich fürchte, hier ist tatsächlich nicht der richtige Ort. Stefanie, Mattis? Ihr könnt gerne nach der Probe zu mir kommen, wenn ihr meinen Rat hören wollt. Aber jetzt sollten wir weitermachen, einverstanden?«

»Mehr als einverstanden«, sagte Mattis und warf Stefanie einen finsteren Blick zu. Fiona konnte gut verstehen, dass er sauer war. An seiner Stelle hätte sie das auch überhaupt nicht lustig gefunden.

Herbert drehte sich zu Giselle um. »Lassen wir Stefanie noch etwas Zeit, fangen wir mit dem Dialog von Nadia und Arthur an. Versuch dich in Nadia hineinzuversetzen, Giselle. Erst verbringt Arthur eine leidenschaftliche Nacht mit dir und am nächsten Morgen serviert er dich eiskalt ab. Das hinterlässt eine tiefe Wunde in deinem Herzen, genau hier!« Herbert klopfte mit der Hand auf seine Brust.

Giselle legte beide Hände auf die linke Brust und seufzte theatralisch: »Ja, ich spüre den Schmerz, Herbert. Danke für den tollen Tipp!« Sie strahlte den Deutschlehrer an, als hätte er ihr gerade das Geheimrezept für den Durchbruch in Hollywood verraten.

Fiona flüsterte Leopold ins Ohr: »Oh Mann, wann wird die endlich erwachsen?«

»Ich schätze, das dauert noch«, flüsterte Leopold zurück.

Obwohl Giselle direkt neben Fiona und Leopold stand, hörte sie die spitzen Bemerkungen nicht. Man hätte ein Feuerwerk in der Aula abbrennen können, sie hätte es nicht mitgekriegt, so sehr hing sie an Herberts Lippen.

»Was mir da übrigens gerade einfällt ...« Herbert warf einen Blick in die Runde. »Wir haben Septimus Podgers noch gar nicht besetzt, die Rolle des Handlesers und Komplizen von Nadia. Schade, dass wir so wenig Jungen in der AG haben. Hm ... was haltet ihr davon, wenn ich Podgers spiele?«

»Ja, das musst du unbedingt machen!«, rief Giselle sofort. Die Reaktion überraschte Fiona nicht wirklich. Wahrscheinlich hoffte sie, dass auch Nadia und Podgers sich laut Drehbuch küssten.

Die anderen waren nicht ganz so euphorisch wie Giselle, fanden den Vorschlag aber auch gut, was Herbert sichtlich freute. Gut gelaunt bat er Mattis und Giselle, auf der Bühne zu bleiben. Die Übrigen durften sich in den Zuschauerraum setzen und zusehen. Fiona zog Leopold in eine der hinteren Reihen, damit sie ungestört schmusen konnten. Sie bettete ihren Kopf auf seine Schulter, machte die Augen zu und sog den Duft seiner Haut ein. War es überhaupt möglich, so unverschämt glücklich zu sein? Ja, das war es! Aber hatte sie es auch wirklich verdient? Ein Wermutstropfen mischte sich unter ihre Glücksgefühle. Leopold liebte eigentlich eine andere Fiona, eine Samt-und-Seide-Prinzessin, die nichts mit ihr zu tun hatte. Plötzlich wurde Fiona eifersüchtig auf diese schönere, aufregendere Kopie ihrer Person. Es war zum Verrücktwerden!

Auf der Bühne begannen Mattis und Giselle, die Texthefte in den Händen, mit der Szene.

»Arthur, du frühstückst ohne mich!?«, rief Giselle empört.

»Ja! Entschuldige, dass ich ... dass ich schon angefangen

habe«, antwortete Mattis. Er war nicht recht bei der Sache und verhaspelte sich, was ihm sonst nie passierte.

Fiona ließ den Rest der Szene an sich vorbeiplätschern. Was kümmerten sie die Probleme von Nadia und Arthur? Was ging sie Mattis' Liebeskummer an? Er hatte sie damals auf Maries Party einfach stehenlassen. Jetzt musste er sehen, wie er alleine zurechtkam.

»Hast du nach der Probe schon was vor?«, raunte Leopold ihr zu.

Fiona schlug die Augen auf und klimperte mit ihren Wimpern. »Ja! Ich hab ein Date mit dem süßesten Jungen an der Schule.«

Leopold rückte erschrocken ein Stück von ihr ab. »Mit wem?«

Fiona kicherte. »Reingefallen! Das Date ist natürlich mit dir.«

»Du bist unmöglich, du …« Weiter kam Leopold nicht, weil Herbert die Probe unterbrach. »Könnt ihr mir mal verraten, wie wir uns hier konzentrieren sollen, wenn ihr dauernd dazwischenquatscht?«

Fiona schlug sich mit der Hand auf den Mund. »Oh … entschuldige bitte, Herbert!« Sie wollte den Bogen nicht überspannen. Herbert konnte ziemlich unangenehm werden, wenn er jemanden erst mal auf dem Kieker hatte. Darauf konnte sie gerne verzichten.

Der Deutschlehrer grummelte etwas Unverständliches und drehte sich wieder zu Mattis und Giselle um. Da klopfte es laut gegen eine der Flügeltüren.

Herbert raufte sich die Haare. »So kann ich nicht arbeiten! Was ist denn jetzt schon wieder los? Ja, herein!« Es klang eher nach einem Rauswurf als nach einer Einladung.

Langsam ging oben die Flügeltür auf und ein junger Mann fragte zögernd: »Ich hoffe, ich störe nicht?«

Fiona riss den Kopf herum. Die Stimme hätte sie – neben der von Leopold – unter tausend anderen sofort erkannt. Aber das konnte nicht sein. Träumte sie? Stand hier irgendwo ein Fernseher herum, auf dem *Fall Berlin* lief? Sie rieb sich die Augen und sah noch mal ganz genau hin. Es änderte sich nichts: Dort oben stand Ben!

Ihre Hände wurden eiskalt, gleichzeitig begann sie zu schwitzen. Vor zwei Wochen hätte Ben auftauchen müssen, aber doch nicht jetzt! Da musste ein Fehler im Drehbuch ihres Lebens passiert sein, das war der absolut falsche Zeitpunkt! Inständig hoffte sie, dass Herbert den unangekündigten Gast rauswerfen würde.

Er tat genau das Gegenteil. Nach einer kurzen Schrecksekunde rief er begeistert: »Ben? Ben! Hey, was machst du denn hier? Du störst überhaupt nicht, im Gegenteil. Komm rein!«

Das ließ sich Ben Baleck nicht zweimal sagen. Jeweils zwei Stufen auf einmal nehmend lief er lässig die Treppe hinunter. Er hatte eine unglaubliche Präsenz. Alle Augen waren auf ihn gerichtet und ein ehrfürchtiges Raunen ging durch die Theater-AG. »Das ist er wirklich!« – »Das ist Ben Baleck. Cool!« – »Ich fasse es nicht!«

Leopold rückte seine Brille zurecht. »Gib's zu, Fiona: Du wusstest, dass dein Vater heute kommen würde.«

Fiona schüttelte in Zeitlupe den Kopf. »Nein, ehrlich, ich hatte keine Ahnung!« Ausnahmsweise konnte sie die Wahrheit sagen, aber das nützte ihr leider überhaupt nichts. Wie betäubt starrte sie ihren Lieblingsschauspieler an. Er sah noch besser aus als im Fernsehen: sehr jung und sehr sexy in seiner ausgewaschenen Jeans. Die blonden Haare hingen ihm fransig in die Stirn, die blauen Augen strahlten wie Scheinwerfer. Ben musste vor kurzem in der Karibik gewesen sein, jedenfalls war sein ovales Gesicht mit den hohen Wangenknochen tief gebräunt.

Herbert sprang von der Bühne und lief Ben die letzten Schritte entgegen. Die beiden fielen sich um den Hals und Herbert klopfte Ben begeistert auf die Schulter. »Mensch, alter Junge, ist das schön, dich zu sehen! Ich wusste gar nicht, dass du in der Stadt bist.«

»Wir drehen gerade eine neue Folge von *Fall Berlin*.« Ben strich sich eine Haarsträhne aus der Stirn und lachte. »Ein kleiner Teil spielt diesmal hier in der Stadt. Als ich das hörte, musste ich sofort an dich denken und dachte mir, schau doch einfach mal vorbei.«

»Geniale Idee!«, rief Herbert. »Mensch, wie lange ist das jetzt her, dass wir gemeinsam auf der Schauspielschule waren?«

Ben kratzte sich am Kinn. »Hm … weiß nicht, viele Jahre. War auf jeden Fall 'ne tolle Zeit damals.«

»Das kannst du laut sagen.« Herbert grinste. »Ich wusste damals schon, dass du später mal durchstarten würdest.«

Ben winkte bescheiden ab. »Übertreib nicht. Du warst auch richtig gut. Und du hattest doch auch viele Erfolge.«

»Nur kurz.« Herberts Gesicht verdüsterte sich. »Leider hatte ich keinen berühmten Regisseur, der mich gefördert hat. Tja, da kann man nichts machen. Die einen werden entdeckt, die anderen nicht. Bin ich eben Lehrer geworden.« Er seufzte. Dann lächelte er wieder, nahm Ben beim Arm und präsentierte ihn seinen Schülern wie eine Jagdtrophäe. »Für alle Fans von *Fall Berlin*. Darf ich vorstellen: der berühmte Ben Baleck!«

Alle Mitglieder der Theater-AG trampelten mit den Füßen, johlten und klatschten. Alle bis auf Fiona. Der Gemüseauflauf, den sie in der Schulkantine gegessen hatte, rumorte in ihrem Magen. »Ich glaube, mir wird schlecht«, murmelte sie. »Ich muss mal ganz dringend aufs Klo …«

Leopold protestierte. »Du musst gar nichts, Süße, vor allem nicht jetzt. Dein Vater freut sich bestimmt total dich zu sehen.« Bevor Fiona wusste, wie ihr geschah, packte er sie an der Hand, zog sie vom Sitz hoch und lief mit ihr nach vorne zu Ben. »Hier kommt noch jemand, den Sie unbedingt umarmen müssen: Ihre Tochter.«

»Meine Tochter?« Bens Lächeln wirkte auf einmal leicht verkrampft. »Ich habe keine Tochter.«

»Keine Angst. Ich weiß Bescheid«, sagte Leopold. Verständnisvoll sah er den Schauspieler an. »Fiona hat mir alles erzählt, die Flugzeuggeschichte und von Ihrer Schwester …«

Verzweifelt versuchte Fiona seinen Redefluss zu stoppen, indem sie am Ärmel seines Pullovers zupfte. »Lass das, bitte, Leopold. Das ist jetzt nicht der richtige Zeitpunkt …«

»Warum denn nicht?« Leopold sah sie verwundert an.

In der Aula breitete sich peinliches Schweigen aus. Fiona starrte auf den Boden und hoffte, dass Ben in Ohnmacht fallen würde und sich an nichts mehr erinnern konnte, wenn er aufwachte. Eine kleine Gedächtnislücke, nichts Schlimmes. So was kam gar nicht so selten vor. Erst neulich war es dem Helden in einem ihrer Liebesromane passiert.

Aber Ben fiel leider nicht in Ohnmacht. Fiona hörte, wie er sich verlegen räusperte. »Äh … es tut mir leid, aber ich habe wirklich keine Tochter. Das muss eine … ein Missverständnis sein.« Er hatte das Wort »Lüge« nicht ausgesprochen, aber es schwang für alle hörbar im Raum.

Schon fingen Fionas Mitspieler an zu flüstern. Nur einer stand stumm und ungläubig da, bis auch bei ihm der Groschen fiel: Leopold. Seine Augen weiteten sich. Er biss sich auf die Unterlippe. Dann wurde er rot bis unter die Haarwurzeln. Als Fiona klar wurde, dass er sich für sie schämte, wäre sie am liebsten auf und davon gerannt. Aber das ging nicht. Ihre Beine waren taub, gefühllos, festgewachsen im Boden. Und die Probe war noch nicht vorbei.

Herbert überspielte den Zwischenfall mit einem Lachen. »Das erinnert mich an unser Stück von Oscar Wilde. Da gibt es auch ständig Missverständnisse. So ist das Leben, nicht wahr, Ben?«

Der Schauspieler nickte. »Du hast Recht. Jetzt will ich euch aber nicht länger stören ...«

»Ach, was!«, sagte Herbert. »Bleib doch und sieh dir die Probe an, dann können wir nachher noch ein bisschen reden.«

Ben zögerte, doch dann meinte er: »Na gut, einverstanden.«

Er setzte sich in die erste Reihe und alle rissen sich darum, in seiner Nähe zu sein.

Alle außer Fiona. Endlich konnte sie ihre Beine wieder spüren. Sie taumelte, stolperte und schaffte es irgendwie, in die dritte Reihe zu kommen, weit weg von Ben. Leopold blieb bei den anderen, ohne auch nur einen einzigen Blick in ihre Richtung zu werfen. Fiona versank so tief wie möglich im Sitzpolster.

Vom Rest der Probe bekam sie kaum etwas mit. Nur dass Ben Giselle lobte und dass Stefanie und Mattis sich tatsächlich küssten, was ungefähr so romantisch aussah wie die Begrüßung zwischen zwei Politikern. Nach einer halben Ewigkeit hatten Fionas Qualen ein Ende.

»Schluss für heute«, rief Herbert und sie sprang sofort auf, um aus der Aula zu fliehen.

An der Tür war Leopold plötzlich neben ihr. Fiona hatte ihn noch nie so wütend erlebt. Seine Augen hinter der Brille waren zwei Laserpistolen, die unaufhörlich Blitze schossen. »Ich will nur eins wissen: Warum hast du mich angelogen?«

Fiona suchte nach Worten. Fand keine, die auch nur entfernt das ausdrücken konnten, was sie Leopold sagen wollte. Wahrscheinlich gab es auch keine Worte dafür.

»Es tut mir leid«, flüsterte sie. »Ich … ich wollte, dass du mich interessant findest. Dass du mich bewunderst und dich in mich verliebst.«

Leopold schnappte nach Luft. »Deshalb hast du mir die ganzen Lügen aufgetischt? Du bist so … so …« Auch er rang nach Worten. Schließlich sagte er verächtlich: »Das ist so dermaßen billig. Das ist echt das Letzte.«

»Bitte, Leopold, lass uns in Ruhe darüber reden«, flehte Fiona ihn an. »Ich kann dir alles erklären.«

Leopold rückte seine Brille zurecht. »Spar dir die Mühe. Noch mehr Lügen ertrag ich nicht.« Damit ließ er sie stehen und ging sehr gerade, sehr aufrecht davon.

Fiona lehnte ihren Kopf schluchzend gegen die Wand. Plötzlich sehnte sie sich unsagbar nach ihrem alten, langweiligen Leben. Damals, als sie noch nicht versucht hatte eine Samt-und-Seide-Prinzessin zu sein. Sie wollte ihr früheres Leben zurück, jetzt sofort. Aber der Vorhang war längst gefallen. Es war zu spät.

FROSCH ODER PRINZ

»Der Mond ist aufgegangen, die goldnen Sternlein prangen am Himmel hell und klar ...« Luzie sang das Lieblingslied aus ihrer Kindheit, während sie Baby Sofia vorsichtig vom Wickeltisch nahm, sich mit ihr aufs Sofa setzte und sie in den Schlafsack packte.

»Wawawa ...«, machte Sofia begeistert. Sie strahlte Luzie mit ihren zwei Schneidezähnen an und schlang die Ärmchen um ihren Hals.

»Du Süße, du!« Luzie drückte den warmen, weichen Babykörper zärtlich an sich.

Es war Liebe auf den ersten Blick gewesen, auf beiden Seiten. Schon beim ersten Mal, als Luzie für Viviane als Babysitterin eingesprungen war, war Sofia auf sie zugekrabbelt und hatte begeistert gekräht.

»Darauf kannst du dir was einbilden«, hatte Toni gesagt und Luzie war vor Stolz rot geworden.

Sie hatte sich schon immer gut mit Babys verstanden. Babys waren wunderbar. Sie lachten, wenn sie sich freuten, weinten, wenn sie Angst hatten, und brabbelten, wenn sie etwas loswerden wollten. Erwachsene waren da viel komplizierter. Viviane zum Beispiel sagte manchmal nicht, wenn sie sich über Luzie ärgerte. Luzie musste es erraten und ihr umständlich aus der Nase ziehen – oder sich am besten gleich im Voraus entschuldigen.

»Wawawa!« Sofia grapschte nach Luzies Haaren. Sie erwischte eine Locke und zog kräftig daran.

»Aua! Lass das!«, rief Luzie. Es hatte ganz schön wehgetan, aber sie konnte Sofia nicht böse sein. Vielleicht fand die Kleine Locken deshalb so faszinierend, weil sie mit ihren dreizehn Monaten nach wie vor nur ein paar spärliche blonde Haare auf dem Kopf hatte.

Luzie nahm ein Märchenbuch aus dem Regal. »Soll ich dir noch eine kleine Gutenachtgeschichte vorlesen?«

Sofia schlang wieder ihre Ärmchen um Luzies Hals. Das war ein eindeutiges Ja.

Luzie schlug das Buch auf, ohne ins Inhaltsverzeichnis zu sehen, und landete beim Märchen vom Froschkönig. »In alten Zeiten, als das Wünschen noch geholfen hat, lebte einmal ein König, der hatte wunderschöne Töchter. Die jüngste von ihnen war so schön, dass …« Nach drei Sätzen fing Sofia an sich die Augen zu reiben. Dann gähnte sie herzhaft.

»Alles klar«, sagte Luzie und kürzte den Rest des Märchens ab. Sie kannte es so gut, dass sie es auch auswendig erzählen konnte: »Die Prinzessin wollte den Frosch aber nicht in ihrem Bett haben. Sie warf ihn an die Wand. Da verwandelte er sich in einen wunderschönen Königssohn und die beiden lebten glücklich bis an ihr Lebensende.« Luzie trug Sofia in ihr Bettchen hinüber. Kaum hatte sie das Baby hingelegt, fielen Sofia auch schon die Augen zu.

»Schlaf gut und träum was Schönes«, flüsterte Luzie, schlich auf Zehenspitzen zur Tür, löschte das Licht und ging hinüber ins Wohnzimmer.

Auf dem Couchtisch standen eine Schale mit Süßigkeiten

und eine Flasche Biolimonade, daneben lagen die Fernsehzeitschrift und die Fernbedienung. Toni hatte wieder mal an alles gedacht. Sie wusste sogar, welche Schokobonbons Luzie besonders mochte, obwohl sie es nur einmal kurz erwähnt hatte. Luzie wickelte ein Bonbon aus, schob es sich genüsslich seufzend in den Mund und kuschelte sich aufs Sofa. Sie liebte die Spielstunde vor dem Zubettbringen mit Sofia, aber sie liebte auch die ruhige Zeit danach, wenn sie ihren Gedanken nachhängen konnte.

Heute musste sie an das Märchen vom Froschkönig denken und an Olaf und wurde plötzlich traurig. Olaf war zwar kein glitschiger, ekliger Frosch, aber das erste Mal mit ihm hatte sie sich schöner vorgestellt, romantischer – wie einen langen ruhigen Fluss und nicht wie eine Wildwasserrutsche, auf der man in atemberaubender Geschwindigkeit ins Tal rauschte.

Das Handy in Luzies Tasche, die über dem Stuhl hing, begann zu klingeln. Sie hatte es vorher extra leise gestellt, damit Sofia nicht aufwachte. Als sie es herausholte, leuchtete auf dem Display Olafs Name auf. Ihr Herz klopfte schneller. Hatte er geahnt, dass sie gerade an ihn gedacht hatte?

»Hallo!«, sagte Luzie.

»Hallo!« Olafs Stimme klang rauer als sonst. »Können wir uns heute Abend noch sehen?«

Luzie seufzte. »Das geht schlecht. Ich bin bei Toni und Nicolas, babysitten. Ich hab dir doch erzählt, dass ich für Viviane einspringe.« In letzter Zeit kam es öfter vor, dass Olaf nicht richtig zuhörte. Früher war das anders gewesen, vor einem halben Jahr, am Anfang ihrer Beziehung. Da hatte er sich oft im Schneidersitz vor sie hingesetzt, hatte sie aufmerksam angesehen und mit offenen Ohren gelauscht.

»Ich weiß«, sagte Olaf, der anscheinend doch zugehört hatte. »Ich wollte dich fragen, ob ich vielleicht vorbeikommen könnte. Damit du nicht so einsam bist ...«

Luzie spürte plötzlich eine Welle von Zärtlichkeit, wie in den ersten Tagen, als sie bis über beide Ohren in ihn verknallt gewesen war. »Lieb von dir. Klar kannst du kommen. Ich freu mich.« Sie gab ihm die Adresse durch und legte auf.

Unruhig sprang sie auf. Wenn Olaf mit dem Fahrrad fuhr, würde er in spätestens zehn Minuten hier sein. Nicht gerade viel Zeit, um das Wohnzimmer ein bisschen zu verschönern. Auf dem Sideboard entdeckte Luzie eine Tüte mit Teelichtern. Die Streichhölzer dazu waren schwieriger aufzustöbern. Sie hatten sich in einer Schublade versteckt. Luzie rückte die Süßigkeitenschale auf dem Couchtisch zur Seite, arrangierte zwölf Teelichter zu einem Herz und zündete sie an. Danach ging sie in die Küche, um Tee zu kochen. *Kaminfeuer* war genau das Richtige.

Als sie mit dem Teetablett zurück ins Wohnzimmer kam, breitete sich rasch ein wärmender Duft nach Zimt, Nelken und Waldbeeren aus. Luzie klopfte noch ein paar Kissen auf dem Sofa zurecht und betrachtete zufrieden ihr Werk. So hätte es sein müssen bei ihrem ersten Mal: Kerzen, Tee, kuschelige Kissen und ganz viel Zeit. Stattdessen hatte Olaf sie gefragt, ob sie spontan zu ihm kommen wollte. Seine Eltern hatten sich zu einem Großeinkauf entschlossen und würden eine Stunde lang weg sein. Natürlich hätte sie auch Nein sagen können, aber Olaf war so aufgeregt gewesen und freute sich so sehr, dass sie ...

Die Haustürklingel riss Luzie aus ihren Gedanken und schreckte Sofia aus dem Schlaf. Vielleicht war es doch keine so gute Idee gewesen, Olaf einzuladen. Sofia brüllte und Luzie flitzte zur Tür, um Olaf hereinzulassen.

»Oje, das wollte ich nicht!« Er machte ein schuldbewusstes Gesicht.

»Nicht so schlimm.« Sofias Schreien wurde verzweifelter.

Luzie ließ Olaf im Flur stehen. Sie machte die kleine Lampe im Kinderzimmer an und hob Sofia aus dem Bettchen. Dicke Tränen kullerten über ihre Wangen. Luzie streichelte sie weg. Dann wiegte sie das Baby sanft. Sofia hörte auf zu schreien. Einmal schluchzte sie noch auf, dann machte sie ein paar tiefe Atemzüge – und war eingeschlafen. Behutsam legte Luzie sie zurück ins Bettchen und schlich aus dem Zimmer. Die Lampe ließ sie lieber brennen und die Tür lehnte sie nur an.

Olaf stand immer noch wie bestellt und nicht abgeholt im Flur. Nur die Winterjacke und die Stiefel hatte er abgelegt. »Ich bin ein Idiot. Ich hätte dich auf dem Handy anrufen sollen.«

Luzie schüttelte den Kopf. »Schon gut. Sie hat sich ja wieder beruhigt. Komm doch rein.«

Olaf folgte ihr zögernd ins Wohnzimmer. Erst als er sich aufs Sofa gesetzt hatte, fiel Luzie auf, dass sie sich vor lauter Aufregung noch gar nicht geküsst hatten. Sie wollte es nachholen, aber der komische Ausdruck in Olafs Gesicht hielt sie davon ab.

»Was ist los?«, fragte sie beunruhigt. »Ist was passiert? Geht's dir nicht gut?«

»Doch, doch, mir geht's gut.« Es hörte sich eher an wie: »Mir geht's überhaupt nicht gut.«

Luzie goss Tee in zwei Keramikbecher. Sie gab Olaf einen und setzte sich zu ihm aufs Sofa. »Trink erst mal was, du bist bestimmt total ausgekühlt.« Seit letzter Nacht waren die Temperaturen rapide gefallen. Das hatte den Vorteil, dass der Schnee liegen blieb. Der Nachteil war, dass man draußen selbst mit dicken Handschuhen sofort Eiszapfenhände bekam. Luzie nahm eine von Olafs Eiszapfenhänden und versuchte sie mit ihrem warmen Atem aufzutauen.

Olaf zog seine Hand weg. »Du musst das nicht machen …«

»Okay …«, sagte Luzie gekränkt und wartete.

Stumm wie eine Auster saß Olaf auf dem Sofa. Er war noch nie ein großer Redner gewesen, aber plötzlich wurde Luzie klar, dass er sich in letzter Zeit noch mehr in seiner Austernschale eingeschlossen hatte. Genau genommen hatte es nach ihrem ersten Mal angefangen …

Luzie trank den Kaminfeuer-Tee. Er schmeckte nur halb so gut, wie er roch. Sie stellte die Tasse ab und wickelte eine Haarlocke um ihren Finger. Wie lange sollte sie Olaf noch Zeit geben? Eine Minute, zehn Minuten?

Irgendwann hielt sie es nicht mehr aus. »Bitte, sag endlich, was los ist«, drängte sie.

Olaf nickte. »Wir hatten doch mal vereinbart, dass wir über alles reden können.«

Luzie erschrak. Sie erinnerte sich an die Vereinbarung, es war ihre Idee gewesen, aber Olaf sagte es mit einer Grabesstimme, die ihr Angst machte.

»Ich war hin- und hergerissen«, redete Olaf weiter. Seine Stimme wurde immer rauer. »Erst wollte ich es nicht erzählen, um dir nicht wehzutun. Aber jetzt halte ich es doch nicht aus. Ich muss es dir sagen.« Er holte tief Luft, bevor es aus ihm herausplatzte: »Mir ist was total Blödes passiert: Ich hab auf Maries Party mit Janine geknutscht.«

Luzie wollte nicht, dass diese schrecklichen Worte bis zu ihrem Gehirn vordrangen, aber sie konnte es nicht verhindern. Wie hatte Olaf es ausgedrückt? Was »total Blödes«? Auf einmal ertrug sie seine körperliche Nähe nicht mehr. Sie schoss vom Sofa hoch, stellte sich vor das Sideboard und sagte: »Du hast *was* gemacht?«

Olaf konnte ihr nicht mal in die Augen sehen. Er murmelte in ein Kissen hinein: »Ich hab Janine geküsst. Es tut mir wahnsinnig leid, aber ich kann es nicht rückgängig machen. Ich empfinde nichts für sie. Es ist einfach so passiert. Erst hat sie mich mit zwei Cocktails abgefüllt und danach auf die Tanzfläche geschleppt. Ich war betrunken, Luzie, ich hab alles doppelt gesehen …«

»Aber Janines Mund hast du dann doch noch gefunden«, sagte Luzie. Sie wunderte sich, wie ruhig sie mit Olaf reden konnte, während er ein Messer in ihr Herz bohrte und es ganz langsam herumdrehte.

Olaf stöhnte. »Ich schwör dir, das hat nichts mit uns zu tun! Es wird auch nie wieder vorkommen. Janine ist mir total egal. Ich liebe nur dich.«

Luzie suchte am Sideboard Halt. Ihr war übel von Olafs Worten und dem scharfen Geschmack der Nelken, den der Tee auf ihrer Zunge hinterlassen hatte. »Ausgerechnet Janine, die mit jedem flirtet, der ihr über den Weg läuft. Wie konntest du mir das antun?«

Olaf stand auf und machte einen unsicheren Schritt auf sie zu. »Ich weiß, dass es viel verlangt ist, aber vielleicht kannst du mir trotzdem verzeihen?«

»Stopp!«, rief Luzie. »Komm mir bloß nicht zu nahe!«

Olaf blieb stehen. Er knetete seine Hände und jetzt sah er ihr endlich in die Augen. Sein Blick erinnerte Luzie an einen verletzten Vogel. Dabei war sie es doch, die verletzt worden war, nicht er.

»Raus hier«, murmelte sie tonlos. In ihrer Kehle stiegen unaufhaltsam Tränen hoch, aber sie würde jetzt nicht weinen, nicht vor ihm.

Olaf zuckte zusammen. »Lass uns darüber reden. Bitte!«

»Raus hier!«, wiederholte Luzie und schlang beide Arme um ihren Körper. Sie zitterte vor Kälte, obwohl im Wohnzimmer alle Heizungen aufgedreht waren.

Endlich kapierte Olaf, dass sie es ernst meinte. Er zog die Schultern hoch und schlich aus dem Wohnzimmer. Kurz darauf hörte Luzie die Haustür ins Schloss fallen. Eine Sekunde später warf sie sich aufs Sofa und schluchzte in die Kissen hinein.

Warum hatte Olaf das bloß getan? Und ausgerechnet mit Janine, über die er immer gelästert hatte: ob sie mal wieder in den Farbtopf gefallen sei, ob bald Fasching wäre oder sie an Farbenblindheit leiden würde. Erst neulich, kurz vor Maries Party, hatte er sich über sie lustig gemacht.

Luzie richtete sich ruckartig auf. Wann war Maries Party eigentlich gewesen? Blitzschnell rechnete sie nach und kam auf den vorletzten Samstag. Dreizehn Tage hatte Olaf sein Wissen mit sich herumgetragen! Fast zwei Wochen lang hatte er ihr heile Welt vorgespielt. Die Tatsache fand sie fast noch schlimmer als seine Knutscherei.

Das Gedankenkarussell in ihrem Kopf drehte sich schneller und schneller. Wann hatten Olaf und sie eigentlich das letzte Mal offen und ausführlich miteinander geredet? Wann hatten sie zuletzt über ihre Wünsche und Sorgen und über ihre Probleme gesprochen? Hatten sie es überhaupt jemals getan? War sie selbst immer offen gewesen? Nein, sie war wie Viviane, die ihren Ärger für sich behielt. Sie hätte Olaf sagen müssen, dass es ihr zu schnell ging mit dem ersten Mal, dass sie noch warten wollte mit Sex.

Luzies Tränen versiegten. Sie putzte sich die Nase und lehnte sich in die Sofakissen zurück. Da fiel ihr Blick auf ein Foto auf dem Sideboard. Toni, Nicolas und Sofia saßen eng aneinandergeschmiegt auf einer Wolldecke im Park und lachten in die Kamera. Eine glückliche Familie. Vater, Mutter, Kind. Luzies Herz zog sich zusammen. So glücklich würde sie nie mehr sein, nicht nach dem Abend heute und nach all dem, was passiert war.

Luzie lauschte. Hatte Sofia gerade gekräht? Nein, im Kinderzimmer war alles ruhig. Trotzdem stand sie auf und ging auf Zehenspitzen hinüber. Im Halbdunkel an Sofias Bettchen flüsterte sie mit neuen, heißen Tränen in den Augen: »Alles wird gut, alles wird gut.«

DAS GOLDENE MÄDCHEN

Penelope steckte ihre Dauerkarte in den Schlitz. »Bitte zügig durchgehen«, meldete der Computer.

»Und vergessen Sie das Duschen nicht und baden Sie auf gar keinen Fall textilfrei«, murmelte Penelope, während sie dem Drehkreuz einen Schubs gab. »Vielen Dank für Ihr Verständnis und auf Nimmerwiedersehen.«

Immer wenn Penelope wütend oder traurig war und nicht mehr weiterwusste, änderte sie spontan ihre Pläne. Dann tat sie etwas, das sie sonst nicht machte, um auf andere Gedanken zu kommen. Heute hatte sie sich fürs Schwimmen entschieden. Obwohl sie als Kind gerne geschwommen war, hatte sie den Sport mit der Zeit aus den Augen verloren. Sie wusste selbst nicht, woran das eigentlich lag. Vielleicht weil es immer so umständlich war, die ganzen Sachen ein- und wieder auszupacken, und dann noch das Duschen, Eincremen und Haareföhnen. Jedenfalls war sie erst ein einziges Mal hier im Schwimmbad gewesen.

Heute war Penelope wütend *und* traurig. Wütend auf sich selbst, weil sie die Freundschaft mit Alina wegen eines Jungen aufs Spiel gesetzt hatte. Und traurig, weil Alina sich auf ihre diversen Mails, SMS und Anrufe nicht gemeldet hatte. In der Schule hatte sie Frau Jensch darum gebeten, ihren Platz wechseln zu dürfen, und sich neben Luzie gesetzt. Eine Woche ging das jetzt schon so. Heute war der dritte Advent und die Wahrscheinlichkeit, dass Alina ihr bis Weihnachten verzeihen würde, tendierte gegen null.

Penelope pfefferte ihre Sporttasche auf die Bank in der Mädchen-Umkleide. Gerade rannten Marie, Luzie und Janine aus ihrer Klasse als letzte Nachzüglerinnen vom Schwimmverein zu den Duschen.

»Hi Penelope!«, riefen sie ihr lachend zu, bevor sie hinter der Tür verschwanden.

Penelope hörte Wasserrauschen und Kichern, dann wurde es still. In der verwaisten Umkleide kam sie sich plötzlich vor wie eine Außenseiterin, mit der niemand etwas zu tun haben wollte, weil sie ihre Mitschüler beim Lehrer verpfiffen hatte. Penelope fröstelte. Schnell zog sie sich aus, legte ihre Brille ab und schlüpfte in ihren dunkelblauen Badeanzug. Das Einzige, was ihr jetzt helfen konnte, waren vierzig Bahnen Powerschwimmen.

Sie duschte eiskalt und trat hinaus in die Schwimmhalle. Dort musste sie erst mal stehen bleiben und die Augen zusammenkneifen. Ohne Brille war sie ein blindes Huhn. Die große, grüne Plastikpalme konnte sie trotzdem erkennen. Auch die knallgelben Tische und die Sitzgelegenheiten neben dem Erlebnisbecken.

»Heute gibt es einen Fruchtcocktail gratis!« Ein blondes Mädchen mit einem Bauchladen streckte Penelope einen bunten Zettel hin. »Du bist herzlich eingeladen. Willkommen zur Eröffnung unserer Poolbar!«

»Oh, danke«, murmelte Penelope überrascht. »Hier gibt es eine Bar?«

»Seit gestern«, antwortete das Mädchen. »Stand doch ganz groß in der Zeitung. Gummibärchen gibt's übrigens auch gratis.«

»Da wird sich Alina aber freu…« Penelope stoppte mitten im Wort. Sie war es so gewohnt, Alina an ihrer Seite zu haben, dass sie sie immer noch wie selbstverständlich mit einbezog.

Die Lust auf ein Gratisgetränk war Penelope vergangen. Unschlüssig stand sie mit ihrem Gutschein da und überlegte, was sie damit machen sollte. Einfach wegwerfen? Oder lieber jemandem geben, der sich darüber freute? Aber wem?

Penelope erkannte aus der Ferne nur verschwommene Schemen, also ging sie näher zur Poolbar. Dort war am frühen Nachmittag nicht viel los. Ein paar Kinder stritten sich um einen Teller Pommes und ein verliebtes Pärchen schlürfte eine pinkfarbene Flüssigkeit aus einem bauchigen, großen Cocktailglas. Penelope rieb sich die Augen. Waren das nicht der verschrobene Junge und das Mädchen mit dem unmöglichen Filzhut aus dem Bus? Das konnte nicht sein! Im Schulbus wurden regelmäßig Wetten abgeschlossen, ob die beiden es schafften, ungeküsst ins Abitur zu gehen. Penelope hatte wie die meisten anderen dafür gewettet. Und jetzt waren die zwei doch tatsächlich ein Paar!

»Können wir dir helfen?«, fragte das Mädchen. Ihren Filzhut hatte sie gegen eine Bademütze getauscht, aus der ein Strauß Frühlingsblumen wuchs. Dazu trug sie eine Sonnenbrille mit übergroßen, weiß umrandeten Gläsern.

»Oder starrst du uns an, weil wir so durchtrainiert sind?« Der Junge hob seinen dünnen, weißen Arm und zeigte seinen nicht vorhandenen Bizeps. Beide verbargen mit Müh und Not ihr Lachen.

Penelope wurde rot. »Entschuldigt! Ich bin heute ziemlich durch den Wind. Hab grade an was gedacht.« Ihr Blick fiel auf das Cocktailglas, das bis auf ein paar Eiswürfel inzwischen fast leer war, und sie erinnerte sich wieder, was sie ursprünglich vorgehabt hatte. »Ich hab einen Gutschein zu verschenken.«

»Echt?«, fragte das Mädchen erfreut. »Das ist ja nett.«

Der Junge grinste breit. »Trifft sich gut. Ich wollte sowieso noch einen zweiten Love-Cocktail für uns bestellen, Chrissie.« Er schnappte sich den Gutschein und winkte dem Studenten hinter der Bar zu.

Chrissie kraulte die spärlichen Härchen auf seiner Brust. »Du verwöhnst mich, Erik! Pass auf, dass ich das nicht ausnutze. Ich kann unersättlich sein.«

»Ich weiß …«, sagte Erik mit einem Unterton, der keinen Zweifel daran ließ, woran er gerade dachte.

Die beiden hatten nur Augen füreinander. Penelope, die sich ziemlich überflüssig fühlte, verdrückte sich unauffällig, ohne sich groß zu verabschieden. Erik und Chrissie hätten es wahrscheinlich sowieso nicht gehört.

Nach der Begegnung fühlte Penelope sich noch einsamer als vorher. Plötzlich musste sie wieder an das Mädchen aus dem *Café Mozart* denken. Es war verrückt. Konnte man sich in jemanden verlieben, den man nur ganz kurz gesehen hatte? Aber die noch schwierigere, entscheidende Frage lautete: Konnte man sich als Mädchen in ein Mädchen verlieben? Wenn Penelope vor zwei Wochen danach gefragt worden wäre, hätte sie beides mit einem klaren Nein beantwortet. Natürlich gab es enge Mädchen-Freundschaften wie die zwischen ihr und Alina, aber die hatten rein gar nichts mit Herzklopfen und Schmetterlingen im Bauch zu tun.

Und was würde Penelope heute antworten? Sie wusste es nicht. Ihr Kopf sagte Nein und ihr Bauch Ja. Im Grunde war es egal. Sie würde das goldene Mädchen aus dem Café ja doch nicht wiedersehen. Und selbst wenn, würde sie sie vermutlich nicht erkennen.

Penelope verscheuchte die komplizierten Gedanken und ging zum Sportbecken hinüber. Es tat gut, die Kommandos des Trainers zu hören. Sie waren klar und eindeutig. Penelopes Beine fingen an zu kribbeln. Sie wäre jetzt gerne eine der Schwimmerinnen gewesen, die auf den beiden abgetrennten Bahnen pfeilschnell das Wasser durchpflügten und sich gegenseitig zu Höchstleistungen anspornten. Gemeinsam zu trainieren machte bestimmt Spaß.

Trotzdem zögerte sie noch, in den freien Teil des Sportbeckens zu springen. Sie blieb am Rand bei der abgetrennten Außenbahn stehen und starrte gedankenverloren aufs Wasser.

»Na, wär das nicht was für dich?«, sprach sie plötzlich der Trainer an, ein muskulöser Typ mit kräftigen Schwimmerarmen und breiten Schultern.

Penelope hatte gar nicht bemerkt, dass er sich neben sie gestellt hatte. »Ja, vielleicht …«, antwortete sie zögernd.

»›Vielleicht‹ gibt es nicht bei mir. Ich akzeptiere nur ein Ja oder ein Nein.« Der Trainer machte ein strenges Gesicht, lachte dann aber. »Ich wollte dich nicht erschrecken. Du kannst es dir ja überlegen. Wir trainieren immer montags und donnerstags. Ich bin übrigens Ingo.«

»Penelope.« Ingos Händedruck war so fest, dass es fast wehtat. Trotzdem fand Penelope den Trainer sympathisch. Jetzt, wo sie montags freihatte, war der Trainingsplan perfekt. Dann kam sie nicht in die Versuchung, allein ins *Café Mozart* zu gehen, an vergangene Zeiten zu denken und die heiße Schokolade mit ihren Tränen zu verwässern.

Ingo wandte sich wieder den Schwimmerinnen zu und blies in seine Trillerpfeife. »Schwimmt eure Bahn zu Ende und kommt danach rüber zum Sprungturm! Wir üben am Fünf-Meter-Brett.«

»Jaaa!«, jubelte Marie, die gerade eine Bahn abgeschlossen hatte, und zog sich mit einer eleganten Bewegung aus dem Wasser. Janine und Luzie schummelten. Sie stoppten mitten im Becken, tauchten unter den Plastikkugeln durch und schwammen zur nächsten Treppe. Dann rannten sie gemeinsam mit Marie zum Sprungturm hinüber.

Auf einmal konnte Penelope es kaum erwarten, ins Wasser zu kommen. Sie war schon auf halbem Weg zu den Startblöcken, als sie aus den Augenwinkeln ein Mädchen im roten Badeanzug sah, das gerade ihre Bademütze abnahm. Ein Goldregen fiel auf ihre Schultern. Das Mädchen fuhr sich mit der Hand durch die hellbraunen Locken und Penelope war verzaubert.

Die Uhren hörten auf zu ticken.

Der Lärm im Schwimmbad verebbte.

Stille.

Penelope blinzelte, rieb sich die Augen, sah noch einmal hin. Nein, sie hatte sich nicht geirrt. Das goldene Mädchen aus dem Café! Wie durch ein Wunder war sie aufgetaucht aus den Fluten und jetzt kam sie tatsächlich direkt auf sie zu. Penelope wollte ihr entgegengehen, doch ihre Beine versagten. Nur ihr Herz eilte voraus, ungeduldig, sehnsüchtig.

Dann endlich war das Gesicht des Mädchens ganz nah. Braune Augen mit kleinen, goldenen Tupfen in der Mitte. Goldbraune Locken, die auf der Stirn feucht geworden waren und sich nach oben kringelten. Eine süße Stupsnase, eine Handvoll

Sommersprossen, die Penelope an bunte Streusel auf Mürbeteigplätzchen erinnerten. Und ein Herzmund, der sich erstaunt öffnete und sagte: »Ich dachte, du bist ein Junge!«

»Wie bitte?«, fragte Penelope verwirrt.

Das Mädchen schüttelte ihre Locken. »Neulich … da hab ich dich, also ich hab dich schon mal hier im Schwimmbad gesehen. Als du den Rettungsring geworfen hast. Der Kleine beim Sprungturm, der so geschrien hat, weißt du noch?«

Penelope lauschte der wunderschönen, weichen Stimme. Dann gab sie sich einen Ruck. »Rettungsring? Welcher Kleine? Ach, so! Jetzt erinnere ich mich.«

»Du warst ziemlich weit weg«, erklärte das Mädchen, während sie am Verschluss ihrer Bademütze nestelte. »Jetzt ist alles klar, aber damals … also damals, mit dem T-Shirt und so … da dachte ich wirklich, dass du ein Junge bist.« Eine feine Röte breitete sich auf ihren Wangen aus.

Wie es sich wohl anfühlte, diese Wangen zu berühren? Penelope durfte nicht daran denken. Sie musste sich auf die Worte des Mädchens konzentrieren. »Ach so, verstehe. Das ist mir schon öfter passiert.« Sie lachte viel zu laut. »Wegen der kurzen Haare und weil ich da oben platt wie eine Flunder bin.« Sie zeigte auf ihre Brüste, die sich trotz verstärktem Bikini-Oberteil kaum nach außen wölbten. »Meine Eltern hätten mich Peter nennen sollen, nicht Penelope.«

Das goldene Mädchen kicherte. »Ist mir gar nicht aufgefallen, ehrlich. Ich heiße übrigens Viviane. Und ich dachte mir, klar ist das ein Junge, sonst würde er nicht in die Jungen-Umkleide gehen.«

Penelope musste auch kichern. »Oh Mann, war das peinlich!

Ohne Brille bin ich blind wie ein Huhn. Die drei Jungs hatten auf jeden Fall richtig Spaß.«

»Den hatten sie gleich zweimal«, sagte Viviane. »Ich bin nämlich nach dir in die Umkleide gerannt, aber du warst leider nicht mehr da.«

Wie gut sich dieses »leider« anfühlte! Es schlich sich auf verschlungenen Wegen in Penelopes Herz hinein.

Viviane redete inzwischen weiter: »Ich wollte dir was geben, das du im Schwimmbad verloren hast. Ein silbernes Armband mit Anhängern dran. Das hast du bestimmt schon vermisst.«

Das Bettelarmband! Das Symbol ihrer Freundschaft mit Alina, das sie nie ablegte, nicht mal beim Duschen. In einem automatischen Impuls berührte sie ihr linkes Handgelenk. Aber es klirrte nicht. Es glitzerte nicht. Wie sollte es auch? Penelope hatte das Armband verloren. Und es war ihr erst aufgefallen, als Alina ihr das zweite Armband zurückgegeben hatte. Eine Tatsache, die eigentlich unverzeihlich war. Penelope bekam eine Gänsehaut. Es schien ihr wie ein böses Omen, dass sie das Bettelarmband bereits nicht mehr getragen hatte, als sie im *Café Mozart* Alinas Geheimnis verraten hatte.

»Geht's dir nicht gut? Du bist so blass.« Viviane klang besorgt.

Penelope schüttelte den Kopf und sagte »Alles in Ordnung«, obwohl nichts in Ordnung war.

Viviane sah sie unsicher an. Die goldenen Tupfen in ihren Augen verblassten. »Heißt das, du willst es gar nicht zurückhaben?«

»Doch, doch«, versicherte Penelope schnell. »Das Armband bedeutet mir sehr viel. Hast du es dabei?«

»Leider nicht. Ich hab es bei meiner Cousine Toni deponiert, im *Café Mozart*.« Viviane setzte ihre Bademütze wieder auf. Die goldenen Haare verschwanden mit einer fahrigen Bewegung unter der Haube. »Du kannst es dir jederzeit dort abholen. Richte einfach schöne Grüße von mir aus und sag Toni, dass der schwarzhaarige Junge sich als Mädchen entpuppt hat. Dann weiß sie schon Bescheid.«

Penelope spürte ein Ziehen in der Brust. Sie war traurig und wusste erst nicht, warum. Dann wurde es ihr klar. Viviane war nach wie vor nett und freundlich, aber das Strahlen von vorhin war verblasst.

»Und was ist mit dir? Hast du vielleicht Lust, ins *Café Mozart* zu kommen?«, fragte Penelope vorsichtig. »Wir könnten uns dort treffen. Ich würde dich gern einladen und mich bei dir bedanken.«

Jetzt strahlten Vivianes Augen wieder. »Super Idee! Morgen um vier Uhr?«

Penelope warf einen Blick auf ihre wasserdichte Armbanduhr und fing sofort an zu zählen. Noch dreiundzwanzig Stunden, sechzehn Minuten und fünf Sekunden, bis sie Viviane wiedersehen würde. »Geht klar«, sagte sie. Vor lauter Aufregung wollte sie ihre Brille hochschieben, bis sie merkte, dass sie gar keine Brille aufhatte.

»Viviane!«, rief Ingo vom Sprungturm herüber. »Brauchst du mal wieder eine Extraeinladung?«

»Bin schon unterwegs!«, rief Viviane zurück und rannte los. Nach zwei, drei Schritten drehte sie sich noch mal zu Penelope um, hob ihren Arm mit einer fließenden, weichen Bewegung und winkte ihr zu.

Penelope winkte zurück. Sie winkte immer noch, als Viviane längst weg war und sich in die Schlange vor dem Fünf-Meter-Brett eingereiht hatte. Dann ging sie zu den Startblöcken, sprang ins Wasser, tauchte ab und kam lachend wieder hoch, um wie ein junger, übermütiger Delfin vierzig Bahnen hintereinander zu schwimmen.

DER TAG DER ENTSCHULDIGUNGEN

Bisher hatte Alina um das *Café Cord* einen großen Bogen gemacht. Dort war alles modern und kühl: Die weißen Tische hatten keine Tischdecken, an den Wänden hingen abstrakte Zeichnungen, die Stühle hatten keine Lehnen und die Bedienung war so cool, dass es an Unfreundlichkeit grenzte. Alina und Penelope waren ein einziges Mal dort gewesen und hatten sich geschworen nie wieder hinzugehen.

Jetzt war alles anders. Alina machte ums *Café Mozart* einen großen Bogen. Um den Ort, den sie auf immer und ewig mit der größten Demütigung ihres Lebens verbinden würde. Allein schon die Möglichkeit, dass sie Penelope oder Gabriel über den Weg laufen könnte, hielt sie von dort fern.

»Ja, *bitte*?«, fragte die blonde Bedienung mit hochgezogenen Augenbrauen. Alina hatte zweimal nach ihr rufen müssen, bis sie sich endlich dazu bequemt hatte, an ihren Tisch zu kommen.

»Ich hätte gern einen Cappuccino und ein Joghurt-Törtchen.« Eigentlich stand Alina der Sinn nach Schwarzwälder Kirschtorte und heißer Schokolade, aber nach den Kalorienbomben der letzten Tage, die sie sich aus Frust wegen Penelope gegönnt hatte, wollte sie endlich wieder vernünftig sein.

»Einmal Cappo, einmal Joghurt«, murmelte die Bedienung und schlurfte davon. Wenn sie in dem Tempo weitermachte, bekam Alina ihre Bestellung frühestens an Silvester.

Alina war kalt. Sie zog die Ärmel ihres schwarzen Pullovers

nach unten, auch damit sie die leere Stelle an ihrem Handgelenk nicht dauernd sehen musste. Ohne das Bettelarmband fühlte sie sich nackt. Sie sah sich im Café um. An den Tischen saßen Schüler mit Laptop, BWL-Studenten und Banker. Alina passte nicht hierher. Sie passte ins *Café Mozart* mit seinen plüschigen Kissen, Polstern und fülligen Omas. Da fielen ihre Hüftpolster nicht weiter auf.

»Wie oft soll ich es dir noch sagen: Du bist nicht dick!« Das wäre jetzt mit Sicherheit Penelopes Kommentar gewesen.

Alina hörte Penelopes Stimme überall. Als Echo im Schulbus, in der Pause, sogar nachmittags, wenn sie alleine in ihrem Zimmer saß und lernte.

»Entschuldige! Ich bin schon wieder auf deiner Schulter eingeschlafen.« – »Das nächste Mal wirst *du* Klassensprecherin!« – »*Müssen* wir wirklich lernen? Wir könnten doch erst Musik hören …«

Manchmal fürchtete Alina sich davor, dieses Echo nie mehr loszuwerden. Und manchmal hoffte sie darauf.

Die Bedienung knallte Kuchenteller und Tasse auf den Tisch. Der Cappuccino schwappte über den Rand auf die Untertasse. »Du musst auch gleich zahlen. Hab Schichtwechsel.«

Alina kramte ihren Geldbeutel aus der Tasche und gab der Frau sogar Trinkgeld, wofür sie sich nicht mal bedankte. Selber schuld, dachte Alina. Penelope wäre das nicht passiert. Sie hätte der Bedienung klargemacht, dass ein Lächeln nichts kostete.

Am Nebentisch lachte eine Jungs-Clique. Über sie? Nein, über irgendein Video auf YouTube, das einer im Netz gefunden hatte. Trotzdem musste Alina sofort wieder an Gabriel denken. Sie bekam ihn einfach nicht aus ihrem Kopf. Je mehr sie es versuchte, umso weniger klappte es. Sein Gesicht schwebte wie ein Starposter in Übergröße vor ihr.

Gabriels verwuschelte Haare.

Sein verträumter Blick.

Sein Lächeln – das er jetzt wahrscheinlich gerade irgendeinem bildschönen, superschlanken Mädchen schenkte, das schon lange mit tausend anderen bildschönen, superschlanken Mädchen in der Warteschlange stand.

Alina schob den Teller mit dem Joghurt-Törtchen weg. Es schmeckte zu gut. Da war bestimmt Sahne drin. Um sich von ihrem Magengrummeln abzulenken, holte sie ihr Handy heraus. Keine SMS. Von Gabriel sowieso nicht, das war klar, aber auch nicht von Penelope. Nach dem Streit hatte ihre Freundin sie mit SMS und E-Mails bombardiert, aber seit ein paar Tagen war Funkstille. Anfangs war sie von den ständigen Nachrichten genervt gewesen. Jetzt fehlten sie ihr.

Alina steckte das Handy gerade wieder ein, als es klingelte. Luzies Name erschien auf dem Display. Vor einiger Zeit hatte Luzie versucht mehr mit Alina zu unternehmen, bis sie gemerkt hatte, dass neben Penelope kein Platz für sie war. Alina hatte immer noch ein schlechtes Gewissen deswegen. Vielleicht hatte sie sich deshalb zu Luzie gesetzt, als sie es nicht mehr ertrug, mit Penelope die Bank zu teilen.

»Und?«, fragte Luzie aufgeregt. »Bist du schon unterwegs?«

»Äh ... wohin?« Alina war verwirrt. Sie konnte sich beim besten Willen nicht erinnern mit Luzie verabredet zu sein.

»Zum Gymnasium natürlich! Sag bloß, du hast es vergessen!?« Luzie klang empört und enttäuscht.

Plötzlich fiel es Alina wie Schuppen von den Augen. Heute

war die Theateraufführung am Gymnasium. Luzie hatte ihr vor ein paar Wochen erzählt, dass sie die Kostüme für das Weihnachtsstück machen durfte, und ihr eine Freikarte gegeben. Die Karte musste noch irgendwo in ihrem Geldbeutel stecken. Alina hatte sie vergessen, sobald sie sie eingesteckt hatte. Mit dem Termin war es ihr genauso gegangen.

»Tut mir total leid«, sagte Alina, was nicht ganz der Wahrheit entsprach. »Ich wünsch dir trotzdem eine ganz tolle Aufführung. Du kriegst sicher jede Menge Lob für deine wunderschönen Kostüme.«

Einen Moment lang blieb die Leitung still. Dann sagte Luzie: »Du, es ist noch nicht zu spät! Ich mache mich auch erst auf den Weg und wollte dich fragen, ob du dich mit mir zum Punschumtrunk vor der Aufführung triffst.«

Jetzt war Alina in der Zwickmühle. Einerseits wollte sie Luzie nicht enttäuschen, andererseits wollte sie sich das Weihnachtsstück auf gar keinen Fall ansehen. »Sei mir nicht böse, Luzie, aber du weißt ja: Ich bin nicht so der Theater-Fan«, gab sie ehrlich zu. »Außerdem bin ich total müde. Und ich hab Schmuddelklamotten an.«

Luzie schnaufte. »Die ersten beiden Gründe akzeptiere ich nicht. Und was die Klamotten angeht: Du kannst gern vorher kurz bei mir vorbeischauen. Das ist gar kein Umweg. In meinem Kleiderschrank finden wir bestimmt was Passendes für dich.«

Es schien ihr wirklich wichtig zu sein, dass Alina kam. Also blieb Alina nichts anderes übrig, als mit der Wahrheit herauszurücken. »Lieb von dir«, sagte sie. »Aber es ist wegen Penelope. Ich hab heute in der Schule gehört, dass sie hingehen wird.«

Diesmal war die Pause in der Leitung etwas länger. Luzie

hatte natürlich mitbekommen, dass Alina und Penelope sich gestritten hatten. Einzelheiten wusste sie allerdings nicht. »Ach so, verstehe …«, sagte Luzie. »Du willst Penelope nicht treffen. Aber die Aula ist doch riesig. Du kannst es locker so einrichten, dass du ihr nicht über den Weg läufst. Bitte, Alina! Spring über deinen Schatten. Ich würde mich riesig freuen.«

Nein zu sagen war noch nie Alinas Stärke gewesen. Sie seufzte und gab nach. »Okay, ich komme.«

Luzies Jubelschrei am anderen Ende belohnte sie für ihre Entscheidung. Vielleicht war es gar keine schlechte Idee, ins Theater zu gehen. Die Kriminalkomödie würde sie ablenken, und alles, was ablenkte, war gut.

»Aber beeil dich!«, rief Luzie. »Ich will nicht zu spät kommen.«

»Ich fliege!« Alina legte auf und schlüpfte in ihre Winterjacke. Die Trennung von ihrem halb ausgetrunkenen Cappuccino und dem angeknabberten Joghurt-Törtchen fiel ihr nicht schwer.

Nach einem zehnminütigen Fußmarsch ohne Schirm durch den strömenden Regen – pünktlich vor Weihnachten war der schöne Schnee weggetaut – klingelte sie bei Luzie. Ihre Mitschülerin wohnte in einem Mietshaus aus den Achtzigern. Damals waren dunkelbraune Balkongeländer und Fensterrahmen in Mode gewesen. Im Treppenhaus roch es nach Suppe. Aber die Wohnung von Luzies Eltern fand Alina richtig gemütlich. Sie kannte sie von Luzies letzter Geburtstagsfeier. Wobei das eigentliche Highlight Luzies liebevoll dekoriertes Zimmer war.

»Na, endlich!«, begrüßte Luzie Alina ungeduldig. Sie stand in Jeans und einem selbst bemalten Katzen-T-Shirt in der offenen

Tür. Mit dem Glätteisen in der Hand winkte sie Alina herein. »Los, komm, wir haben nicht viel Zeit.«

Alina zog ihren nassen Anorak aus und bekam ein Handtuch, um ihre Haare trocken zu rubbeln. Dann folgte sie Luzie in ihr Zimmer. Sofort fiel ihr ein fahrbarer Kleiderständer neben dem Schreibtisch auf. Den hatte sie vorher noch nicht gesehen. Er war mit Kleidern in allen Regenbogenfarben behängt, wie ein üppig geschmückter Christbaum.

Alina pfiff durch die Zähne. »Die hast du aber nicht alle selbst genäht, oder?«

»Bis auf ein paar Teile schon«, sagte Luzie, während sie die letzte widerspenstige Locke mit dem Glätteisen bändigte.

Alina schüttelte ungläubig den Kopf. »Wahnsinn! So was könnte ich nie. Beim Stricken und Häkeln hatte ich schon immer zwei linke Hände. Und an die Nähmaschine habe ich mich nie rangetraut. Wie bist du eigentlich draufgekommen Kleider selber zu nähen?«

Luzie legte das Glätteisen weg und murmelte: »Ach, das kam irgendwann. Meine Eltern haben nicht viel Kohle. Mein Vater ist arbeitslos.«

»Oh … Das wusste ich nicht!« Alina erschrak. Auf einmal kam sie sich unverschämt reich und verwöhnt vor, weil ihr Vater eine eigene Steuerkanzlei hatte.

»Du bist die Einzige, der ich es erzählt habe«, sagte Luzie. »In der Klasse weiß keiner davon und das soll auch so bleiben.«

Alina legte den Zeigefinger auf den Mund. »Von mir erfährt niemand was!«

Nachdenklich beobachtete sie Luzie, die jetzt geschäftig Kleiderbügel auf dem Ständer hin und her schob. War Luzie deshalb so bemüht darum, mit allen Mitschülern gut auszukommen? Suchte sie deshalb so verzweifelt nach einer Freundin? Weil sie Angst hatte, nicht dazuzugehören? Alina konnte es sich gut vorstellen. Arme Luzie! Es war bestimmt nicht leicht für sie.

»Das ist es! Das wird dir supergut stehen.« Zielsicher nahm Luzie ein weinrotes Wickelkleid mit einem silbernen Rautenmuster vom Ständer. Zweifelnd ließ Alina den fließenden Wollstoff durch die Finger gleiten. »Ich weiß nicht. Der V-Ausschnitt ist ganz schön tief. Hast du nicht was in Schwarz da?«

»Ja, hab ich, aber die Kombination von Weinrot und Silber wird dir tausendmal besser stehen«, sagte Luzie. »Schwarz ist viel zu trist für dich.«

Wieder hörte Alina Penelopes Stimme. »Du solltest öfter mal Farben tragen statt immer nur Schwarz.«

Wenn gleich zwei Menschen das behaupteten, konnte es nicht ganz verkehrt sein. Alina beschloss es auf einen Versuch ankommen zu lassen. Nein sagen konnte sie danach immer noch. Sie zog sich ihren schwarzen Pulli über den Kopf, streifte die regenfeuchte Jeans ab und schlüpfte in das Wickelkleid. Der Stoff fühlte sich warm und weich auf der Haut an. Luzie half ihr beim Binden des Gürtels. Dann führte sie Alina zum Spiegel.

Beinahe hätte Alina sich nicht wiedererkannt. Das Mädchen im Spiegel war so schlank! Das Wickelkleid war genial. Es betonte die Schokoladenseiten ihres Körpers, die schmale Taille und die vollen Brüste, während es Hüften und Oberschenkel perfekt kaschierte.

»Und, hab ich Recht?«, fragte Luzie, die lächelnd hinter sie getreten war.

Alina nickte begeistert. »Ja! Danke dir! Kann ich dich in Zukunft als Styling-Beraterin buchen?«

»Darüber lässt sich reden.« Luzie grinste. »So, jetzt brauchst du noch die passenden Schuhe. Zum Glück haben wir die gleiche Größe. Und deine Haare solltest du unbedingt noch föhnen.« Sie flitzte los und kam mit Seidenstrümpfen, grauen Ankle-Boots und einem Föhn zurück. »Es ist schon ewig spät. Jetzt muss ich mir aber schnell was überwerfen«, stöhnte sie.

Der Hosenanzug, den Luzie sich »schnell mal überwarf«, war das coolste Kleidungsstück, das Alina je gesehen hatte. Er hatte mehrere Raffungen, war khakifarben und wurde mit einem breiten gelben Gürtel zusammengehalten.

Alina legte den Föhn aus der Hand und klatschte. »Das ist der absolute Wahnsinn! Du siehst toll aus!«

Dann passierte etwas Merkwürdiges. Statt sich über das Kompliment zu freuen, heulte Luzie los und ließ sich auf ihr Bett fallen.

Bestürzt ging Alina zu ihr. »Hey, was ist denn mit dir?«

Luzie wischte sich die Tränen aus den Augen und lächelte tapfer. »Ach, nichts … das heißt, nichts Neues. Es läuft nicht so gut mit Olaf. Ich glaube, es hat keinen Sinn mehr.«

»Was?«, rief Alina. »Ihr seid doch *das* Traumpaar. Wie lange seid ihr jetzt schon zusammen, fünf Monate?«

Luzie kramte ein zerknittertes Taschentuch aus ihrer Hosentasche und schnäuzte sich. »Ein halbes Jahr. Eigentlich passen wir total gut zusammen. Aber neulich, als wir … das erste Mal miteinander geschlafen haben, das ging mir einfach viel zu schnell. Ich war noch nicht so weit.«

Alina nickte. »Kann ich gut verstehen.« Sie selbst wollte mit

Sex so lange warten, bis sie sich hundertprozentig sicher war.
»Und, habt ihr darüber geredet?«, fragte sie.

Luzie nestelte an ihrem Gürtel herum. »Nicht so richtig. Und dann ist was passiert. Olaf … er hat mich betrogen. Vor ein paar Tagen hat er es mir gebeichtet.« Den letzten Satz brachte sie nur noch flüsternd heraus.

Alina sah Luzie entsetzt an. Sie wollte gerade fragen, mit wem Olaf sie betrogen hatte, als ihr plötzlich Maries Party einfiel und die vielen schmusenden Pärchen auf der Tanzfläche. Eins davon waren Olaf und Janine gewesen. Damals hatte sie das ziemlich unmöglich gefunden. Wie hatte sie es nur vergessen können?

»Immerhin hat Olaf es dir erzählt«, machte Alina Luzie Mut. »Das bedeutet, dass es ihm leidtut und er dich nicht verlieren will. Sprich mit ihm! Kämpf um eure Freundschaft. Euch verbindet so viel, das darfst du nicht einfach wegwerfen.«

»Meinst du?« Luzie saß immer noch wie ein Häuflein Elend auf dem Bett.

»Ja, das meine ich«, sagte Alina. »Versprich mir, dass du mit ihm redest.«

Luzie nickte.

»Sehr schön! Und jetzt sollten wir uns, glaube ich, wirklich beeilen, sonst geht die Aufführung ohne uns los.«

»Oh nein!« Sofort sprang Luzie panisch auf. »Bitte nicht!«

Im Foyer der Aula stellten die fleißigen Helfer des Schülercafés gerade die leeren Punschgläser zusammen und räumten die Plätzchenschalen weg. Der Umtrunk war zu Ende, doch die meisten Besucher der Weihnachtsaufführung standen noch in Grüppchen zusammen.

Alina und Luzie waren den ganzen Weg gerannt, was gar nicht so einfach gewesen war, denn sie mussten einen riesigen Regenschirm über ihren Köpfen balancieren und diversen Pfützen ausweichen. Sie waren völlig außer Atem, aber der Sprint hatte sich gelohnt.

»Geschafft!« Luzie fiel Alina um den Hals. »Drückst du mir die Daumen? Ich bin so aufgeregt, dabei muss ich gar nicht spielen. Nur ganz am Schluss muss ich raus auf die Bühne. Mir ist jetzt schon schlecht.«

»Alles wird gut!«, beruhigte Alina sie. »Natürlich drück ich dir die Daumen. Also dann, bis später!«

Luzie verschwand in einer Seitentür der Aula. Alina sah ihr lächelnd nach, da tippte ihr jemand auf die Schulter und eine vertraute Stimme sagte: »Hallo Alina!«

Penelope.

Diesmal war es kein Echo in Alinas Kopf. Als sie sich umdrehte, stand Penelope tatsächlich vor ihr. Alinas Herz machte vor Freude einen Sprung. Gleich danach zog es sich traurig zusammen. Penelope kam ihr ein bisschen kleiner vor und schmaler, aber das lag wahrscheinlich daran, dass sie die Schultern eingezogen hatte und ziemlich unglücklich wirkte.

»Hallo Penelope«, sagte Alina leise. »Ich muss dann mal …«

Es waren die ersten Worte, die sie seit der Katastrophe im *Café Mozart* miteinander gesprochen hatten. Für Alina waren sie ein Waffenstillstand, aber sie hatte nicht vor, das Gespräch fortzusetzen. Entschlossen machte sie einen Schritt auf den Eingang der Aula zu.

»Warte noch kurz. Bitte!« Penelope streckte den Arm nach ihr aus.

Die Geste erinnerte Alina an früher und an ihre eigenen Worte, die sie vorhin zu Luzie gesagt hatte: Kämpf um eure Freundschaft! Euch verbindet so viel, das darfst du jetzt nicht einfach wegwerfen.

Ein Teil von Alina wollte immer noch weglaufen, aber der andere Teil, den sie unter Kontrolle hatte, blieb zögernd stehen. »Ja?«

Penelope fuhr sich nervös durch die kurzen schwarzen Haare. »Ich hab den größten Mist gebaut, den man überhaupt bauen kann. Ich weiß, dass das keine Entschuldigung ist, aber ich wollte dir wirklich nur helfen. War eine total blöde Idee. Es tut mir wahnsinnig leid, Alina. Ich schwöre dir, dass ich nie, nie wieder ein Geheimnis von dir verraten werde! Bitte verzeih mir. Ich weiß, dass ich es nicht verdient hab.« Penelopes Augen füllten sich mit Tränen. »Aber wenn du unserer Freundschaft noch eine Chance geben könntest, wäre das … wäre das …«

Penelope gingen die Worte aus. In all den Jahren, die sie sich kannten, hatte Alina das noch nie erlebt. Es musste Penelope sehr viel Mut gekostet haben, das alles zu sagen.

Alina wurde warm ums Herz. Ihre Wut und ihre Enttäuschung waren immer noch da, aber sie waren abgedämpft, wie unter einer Schneedecke. »Lass uns noch mal in Ruhe darüber reden, okay? Am Montag vor den Weihnachtsferien, wie immer im *Café Mozart*?«

Ein Lächeln stahl sich auf Penelopes Lippen, während gleichzeitig eine Träne ihre Wange hinabrollte. »Wie immer.« Dann drehte sie sich um und verschwand mit einer Gruppe Eltern in der Aula.

Alina starrte ihr nach. Es war alles so schnell gegangen, dass ihre Seele den Ereignissen noch hinterherhinkte. Aber es fühlte sich gut an. Die Last, die sie die ganze Zeit bedrückt hatte, war ein klein wenig leichter geworden.

»Hallo du!«, sagte eine Schülerin am Eingang zur Aula. Sie sah in Alinas Richtung. »Wir schließen gleich die Kasse.«

Erst jetzt merkte Alina, dass die Grüppchen sich längst aufgelöst hatten und sie alleine im Vorraum zurückgeblieben war. Hastig zog sie ihren Geldbeutel aus der Tasche und fischte die Freikarte heraus.

Das Mädchen an der Kasse knipste mit der Zange ein Loch hinein. »Toller Platz: fünfte Reihe, Sitz zwölf. Viel Spaß!« Sie winkte Alina durch die einzige Flügeltür, die noch offen war, und schloss sie hinter ihr.

Das Saallicht brannte zwar noch, trotzdem hatte Alina das Gefühl, dass sämtliche Leute sie neugierig anstarrten, als sie die Treppe hinablief. Prompt stolperte sie zweimal. Als sie endlich die fünfte Reihe erreicht hatte, stellte sie fest, dass ihr Platz in der Mitte war und etliche Zuschauer nur wegen ihr aufstehen mussten. Super.

»Entschuldigung, 'tschuldigung …«, murmelte sie, lächelte in die verärgerten Gesichter und quetschte sich an spitzen Knien, Taschen und Füßen vorbei.

Erleichtert sank sie schließlich auf ihren Platz und lehnte sich in den gepolsterten Sitz zurück. Geschafft. Ihr Bedarf an Aufregungen für den Tag war damit gedeckt, jetzt war Entspannung angesagt. Wohlig seufzend machte Alina die Augen zu.

Da räusperte sich ihr linker Nachbar. »Hallo Alina!«

Sie riss die Augen auf.

Gabriels verwuschelte Haare.

Sein verträumter Blick.

Sein Lächeln.

Und alles real, kein Starposter ihrer Fantasie. Aber sie war nicht das bildhübsche, superschlanke Mädchen. Sie war das unauffällige Mädchen mit den Hüftpolstern.

»Hi …«, brachte Alina mühsam heraus und überlegte fieberhaft, was sie tun sollte. Noch war der Saal erleuchtet. Noch hatte sie eine Chance, die Aula zu verlassen. Lieber ein weiterer Spießrutenlauf, als sich von Gabriel ein zweites Mal demütigen zu lassen.

Gabriel schien genau zu wissen, was ihr durch den Kopf ging. »Bitte bleib hier!«, sagte er. Seine sanfte, tiefe Stimme war wie ein Magnet, der Alina festhielt. »Seit Tagen suche ich dich in der Schule. Ich wollte mich bei dir entschuldigen. Ich hab mich im Café wie der letzte Idiot benommen. Dabei fand ich dich schon auf dem Pausenhof nett, als wir zusammengestoßen sind. Wenn ich mit meinen Kumpels zusammen bin, ticke ich manchmal nicht richtig. Kannst du mir verzeihen?«

Alina schluckte. War heute der Tag der Entschuldigungen? Erst kam Penelope an und jetzt Gabriel, ausgerechnet. Sie forschte in seinem Gesicht nach einem versteckten Grinsen, einem Blick, der sich über sie lustig machte. Aber sie fand nichts. Nur zwei offene, graublaue Augen und einen Mund, der sie verlegen und unglaublich lieb anlächelte.

»Wenn du magst, falle ich auch vor dir auf die Knie«, flüsterte Gabriel. »Hier geht es nicht, die Sitze sind zu eng, aber in der Pause hole ich es nach, versprochen.«

Alina musste lachen. »Du bist unmöglich!«

»Und du bist süß.« Gabriels Lächeln wurde noch wärmer,

noch lieber. Bewundernd betrachtete er ihr Kleid, dann wanderte sein Blick zurück zu ihren Augen.

Alina wurde schwindelig. Träumte sie? Hatte das Theaterstück schon angefangen, ohne dass sie es mitbekommen hatte?

In dem Moment wurde das Saallicht abgedimmt. Leise raschelnd ging der Vorhang auf. Nein, es war kein Traum. Es war alles echt. Und Alina hatte fünfundvierzig Minuten Zeit, sich an die verwirrend schöne Vorstellung zu gewöhnen, dass Gabriel es tatsächlich ernst meinen könnte.

ABSCHIEDSRITUALE

»Willst du bei dem Wetter wirklich raus, Schatz?« Stefanies Mutter zeigte entsetzt zum Küchenfenster. »Draußen regnet es in Strömen!«

»Kein Problem, ich nehme einen Schirm mit«, sagte Stefanie. Sie wusste, dass das ihre Mutter nicht wirklich beruhigte. Die brachte es fertig, in die Koffer für den Sommerurlaub auf Mallorca Mützen und Schals einzupacken.

»Ach so, jetzt weiß ich, was dich an die frische Luft treibt.« Ihre Mutter lächelte verständnisvoll. »Lampenfieber, stimmt's? Mach dir keine Sorgen. Das wird bestimmt eine super Weihnachtsaufführung! Aber du hast Recht, Spazierengehen macht den Kopf frei.«

Stefanie ließ ihre Mutter in dem Glauben, obwohl sie nicht aufgeregt war. Am frühen Nachmittag noch nicht. Das Lampenfieber kam erst eine Stunde vor der Aufführung und an die dachte sie jetzt noch gar nicht, weil sie etwas anderes, etwas sehr Wichtiges vorhatte.

»Also bis später! Wahrscheinlich geh ich dann gleich weiter zur Schule.« Stefanie gab ihrer Mutter einen flüchtigen Kuss auf die Wange. Im Flur zog sie ihren Anorak an, schulterte die große Umhängetasche und schnappte sich den gelben Regenschirm.

Draußen war es wirklich ungemütlich. Ein launischer Wind rüttelte mal rechts, mal links an ihrem Schirm und machte es unmöglich, nicht nass zu werden. Außerdem war es durch die letzten grauen Schneereste, die sich langsam auflösten, immer noch rutschig auf den Gehsteigen. Die Leute auf der Straße schimpften. Sie waren gestresst vom schlechten Wetter und den Weihnachtseinkäufen. Aber Stefanie lächelte vor sich hin, während sie losging. Da hörte sie plötzlich vom Haus gegenüber leise Gitarrenklänge. Neugierig folgte sie der Musik. Unter dem Carport vor Maries Haus stand Ulli und beugte sich über seine Gitarre.

»Oh … hallo.« Stefanie klappte ihren Schirm zusammen und versuchte so zu tun, als ob hier jeden Tag Carport-Partys veranstaltet wurden.

Ulli hatte sie nicht gehört und spielte weiter. Obwohl Stefanie ihn nur vom Sehen kannte, wusste sie inzwischen, wie er hieß. Alle im Schulbus kannten Ulli, den Clown, und seine mehr oder weniger peinlichen Gesangseinlagen. Heute hatte er nichts von einem Clown an sich. Er stand in sich versunken da und spielte eine langsame, gefühlvolle Ballade. Dazu sang er einen Text, den er sich offenbar selbst ausgedacht hatte.

Marie, ich kann dich nicht vergessen,
Marie, denn du bist wunderschön.
Marie, ich kann schon nichts mehr essen,
Marie, mach auf, das wär so schön.

Obwohl der Text nicht besonders einfallsreich war, klangen die darin beschriebenen Gefühle echt. Stefanie wartete, bis die letzten Akkorde verklungen waren, dann klatschte sie. »Ein tolles Lied. Und du kannst ja richtig gut singen!«

Ulli drehte sich grinsend um. »Klar. Kommt immer auf die

richtige Gelegenheit an. Sag mal, weißt du zufällig, ob Marie zu Hause ist?«

Stefanie zögerte. Sie hatte am frühen Nachmittag einen Yogitee bei Marie getrunken und sich eine halbe Stunde lang angehört, wie Marie sich über Ulli beschwerte. Dass er sie seit Tagen belagerte und einfach nicht kapierte, dass sie nichts von ihm wissen wollte.

»Keine Ahnung«, sagte Stefanie schließlich diplomatisch. »Hast du schon geklingelt?«

»Noch nicht.« Mit seiner Gitarre vor dem Bauch trat Ulli unschlüssig von einem Bein aufs andere, wie ein Vertreter, der zum ersten Mal Staubsauger verkauft.

Plötzlich tat er Stefanie leid. Sie war kurz davor, für ihn auf die Klingel zu drücken. Aber das wäre eine sichere Methode gewesen, die nette Freundschaft mit Marie zu verlieren. Das Einzige, was sie für Ulli tun konnte, war ihm viel Glück zu wünschen und ihn seinem Schicksal zu überlassen. Früher oder später würde er von selbst darauf kommen, dass seine schönen Balladen anderswo mehr Chancen hatten.

»Mach's gut«, sagte sie, spannte ihren Schirm auf und trat wieder hinaus in den Regen. Das Wetter hatte sich nicht geändert und die schlechte Stimmung der Leute auch nicht. Stefanie schien die einzige entspannte Person zu sein. Wenig später stieg sie in den überfüllten Bus, blieb ruhig, als der Bus in einen Stau geriet, und harrte geduldig aus, bis sie vor dem Weihnachtsmarkt aussteigen konnte. Heute war nicht viel los. Die Budenbesitzer warteten zum größten Teil vergeblich auf Kunden.

Stefanie ging auf einen Verkäufer zu, der unter einem Vordach neben der Bude mit Kinderspielzeug stand und den

Arm voller Luftballons hatte. »Einen Herzluftballon, bitte«, sagte sie.

»Ein Geschenk für deinen Freund? Bitte sehr!« Der Verkäufer freute sich, dass ihm endlich jemand etwas abkaufte. »Frohe Weihnachten!«

»Frohe Weihnachten!«, sagte Stefanie, schenkte ihm ein extranettes Lächeln und ging weiter zum Park neben der Schule.

Wegen des Regens war dort niemand. Perfekt. Stefanie verließ den geteerten Weg und ging quer über die Wiese. Sie wusste noch genau, wo die Stelle war, an der sie im Sommer mit Mattis in der Pause auf einer Decke gelegen hatte, nicht weit von Olaf und Luzie entfernt, total glücklich, total verliebt. Gemeinsam hatten sie in die Sonne geblinzelt und den Duft von frischem, grünem Gras eingeatmet.

Heute war das Gras grau und der Boden aufgeweicht. Stefanie kümmerte sich nicht darum, dass ihre Füße im Matsch versanken. Sie hatte extra ihre ältesten Turnschuhe angezogen. Und sie war auf alles vorbereitet. Auch auf den Regen. Sie holte eine Postkarte aus ihrer Tasche, die sie in eine Klarsichthülle gepackt und mit einer Stricknadel durchbohrt hatte. Sorgfältig fädelte sie die Schnur des Luftballons durch das kleine Loch. Danach sicherte sie die Karte mit einem Dreifachknoten.

»Sehr gut«, murmelte sie. Der Schirm landete im Gras. Mit dem Luftballon in der Hand sah Stefanie hinauf zum wolkenverhangenen Himmel. Luft war das letzte Element, das ihr noch fehlte bei ihren Abschiedsritualen.

Im *Café Mozart* hatte sie das Element Erde gefeiert.

Im Schwimmbad hatte sie das Element Wasser gefeiert.

Am Glühweinstand hatte sie das Element Feuer gefeiert.

Heute würde sie auf der Wiese das Element Luft feiern.

Sie würde den Luftballon fliegen lassen und sich endgültig von Mattis verabschieden. Danach würde sie ruhig und zufrieden sein und offen für eine neue Beziehung. So stand es jedenfalls in dem Buch *Loslassen leicht gemacht*, das sie sich aus der Stadtbücherei ausgeliehen hatte. Ein wunderbares Buch. Ihr Rettungsanker nach der Trennung.

Stefanie las noch einmal halblaut den Text auf der Postkarte.

Lieber Mattis,
ein Stück Weg sind wir gemeinsam gegangen.
Es war schön. Es war gut so.
Jetzt gehst du deinen Weg weiter und ich meinen.
Auch das ist gut so.
Lieber Mattis, ich lasse dich los.
Ich wünsche dir alles Glück der Erde, des Himmels,
des Feuers und der Luft.
Deine Stefanie

Der Luftballon tanzte übermütig in der Luft, spielte Fangen mit dem Wind. Sie hatte das Gefühl, dass er sich nach Freiheit sehnte, nach einer Reise in die große weite Welt.

»Leb wohl«, flüsterte Stefanie. Sie öffnete ihre Hand. Die Schnur glitt zwischen ihren Fingern hindurch. Ein kleiner Ruck, dann hatte sich der Luftballon befreit. Es war ganz einfach. Sie spürte eine sanfte Trauer, wie es im Buch beschrieben wurde, aber auch Erleichterung. Sie hatte es geschafft. Mehr konnte sie nicht tun.

Stefanie beobachtete den Luftballon, wie er hüpfte, tanzte,

Pirouetten drehte und dabei höher und höher stieg. Bald war er nur noch so groß wie ein Apfel, dann wie ein runder Kieselstein und schließlich löste er sich auf, verband sich mit den Wolken, dem Wind und dem Regen.

Plötzlich spürte Stefanie die kalten Tropfen wieder. In der kurzen Zeit ohne Schirm war sie klatschnass geworden. Ihre Füße schwammen in den Turnschuhen und die Kälte kroch in jede einzelne Faser ihres Körpers. Kein besonders angenehmes Gefühl. Es wurde höchste Zeit, dass sie ins Trockene kam. Schnell hob sie den Regenschirm auf und stapfte hinüber zur Schule.

»Wie siehst *du* denn aus?«, war Herberts Begrüßung, als sie vor der Künstlergarderobe hinter der Aula mit ihm zusammen-stieß. »Wir spielen heute aber nicht den *Untergang der Titanic.*«

»Ich weiß!« Stefanie zog eine Grimasse und schälte sich aus ihrem nassen Anorak. Inzwischen klapperte sie vor Kälte mit den Zähnen. »Ich muss mir nur schnell die Haare trocknen, dann zieh ich mich um.« Damit verschwand sie Richtung Mäd-chen-Toilette. Dort gab es einen Föhn und den brauchte sie jetzt dringend.

Zehn Minuten später kehrte sie gut gelaunt in die Garderobe zurück. Alle bis auf Mattis waren schon da. Sie liefen hektisch hin und her, suchten nach ihren Kostümen, schminkten sich vor den großen Spiegeln oder versuchten auf den letzten Drücker sich ihren Text einzuprägen.

Und plötzlich war es da, das Lampenfieber, mit allen ge-fürchteten Symptomen: Herzrasen, kalte Hände, ein flaues Ge-fühl im Magen und ein komplett leer gefegtes Gehirn. Stefanie konnte sich an nichts erinnern, weder an das erste Stichwort noch an ihren Text oder die vereinbarten Schrittfolgen auf der Bühne. Sie wusste genau, dass das Lampenfieber schlagartig vorbei sein würde, sobald der Vorhang aufging, aber jetzt steckte sie mittendrin und wäre am liebsten gestorben.

Da ging die Tür auf und Mattis kam herein, ausgerechnet. In seinen lakritzschwarzen Haaren glitzerten Regentropfen. Seine blauen Augen waren groß, traurig und wunderschön. Ein kurzer Hoffnungsfunke blitzte in ihnen auf, als er Stefanie entdeckte. Ein Funke, der sie an frühere Zeiten erinnerte.

Mattis sagte nur zwei Worte: »Hi, Stefanie!« Doch zusammen mit seinem Blick löschten sie auf einen Schlag sämtliche Abschiedsrituale aus.

Eine Welle von Gefühlen überrollte Stefanie: Sie hätte Mattis schütteln können vor Wut. Weil er nicht um sie gekämpft hatte damals. Weil er es einfach zugelassen hatte, dass sie sich immer weiter voneinander entfernten. Gleichzeitig sehnte sie sich danach, ihn zu umarmen, seine Wärme zu spüren, ihn zu küssen, obwohl sie wusste, dass es keinen Sinn hatte. Es würde nicht mehr so sein wie früher. Er hatte sich verändert. Sie hatte sich verändert. Und trotzdem …

»Stefanie? Hallo?« Mattis winkte mit der Hand vor ihrem Gesicht. »Alles klar?«

»Alles klar«, behauptete sie energisch. Dann zupfte sie an ihrem Pferdeschwanz. »Jetzt muss ich mich aber schleunigst um mein Kostüm kümmern. Luzie? Hat jemand Luzie gesehen?« Sie ließ Mattis stehen.

»Luzie kommt später«, sagte Leopold, der sich gerade einen Schnurrbart anklebte. »Aber wenn du dein Kostüm suchst, es hängt da drüben auf dem Kleiderständer.«

»Danke dir.« Am Kleiderständer traf Stefanie Fiona oder besser gesagt eine doppelt so breite Kopie von Fiona. Für ihre Rolle als dicke Vanessa hatte sie sich mit so vielen Kissen ausgestopft, dass sie aussah, als sei sie im neunten Monat schwanger.

»Hilfst du mir mal kurz?«, stöhnte Fiona. »Ich bekomme den Reißverschluss nicht zu.«

Stefanie war froh etwas tun zu können. Nach einigen vergeblichen Versuchen schaffte sie es, das bodenlange schwarze Seidenkleid am Rücken zu schließen.

»Du bist ein Schatz!« Fiona hob vorsichtig ihre Schleppe an, um nicht darüber zu stolpern. Dann wankte sie zum Schminktisch hinüber, setzte sich aber nicht zu Leopold, obwohl der Platz neben ihm frei gewesen wäre.

Stefanie seufzte. Anscheinend hatten sich Fiona und Leopold nicht wieder versöhnt. Noch ein Paar, das es nicht geschafft hatte! Stefanie schluckte die Tränen hinunter, die in ihrer Kehle aufsteigen wollten, und nahm ihr Kostüm vom Kleiderständer. Es war ein wunderschönes rosafarbenes Kleid mit aufgestickten Blüten, einem herzförmigen Ausschnitt und einem weit schwingenden Rock. Der Preis für die Schönheit war ein Korsett, in das sie sich zwängen musste. Erst versuchte sie es alleine, merkte aber schnell, dass sie keine Chance hatte.

»Komm, ich helf dir!«, bot Giselle an, die bereits fertig geschminkt und angezogen war. Sie schien als Einzige noch kein Lampenfieber zu haben oder sie verbarg es geschickt hinter einem entschlossenen Gesichtsausdruck.

Mit vereinten Kräften und viel Gekicher waren endlich alle Häkchen und Ösen geschlossen. Stefanie bekam kaum noch Luft. Wie die Frauen das früher Tag für Tag ausgehalten hatten, ohne ständig in Ohnmacht zu fallen, war ihr ein Rätsel. Sie zählte jetzt schon die Minuten, bis sie das Kleid wieder ausziehen durfte.

Herbert, der mindestens so aufgeregt wie seine Schüler war, machte die Runde. In seinem schäbigen Anzug und dem steifen Zylinder, den er als Handleser Podgers trug, wirkte er fünf Jahre älter. »Denkt daran, dass wir uns noch aufwärmen müssen. Aber keine Hektik, kein Stress!«

Natürlich bewirkte er damit genau das Gegenteil. Manche sprangen panisch auf, um schnell noch etwas zu holen. Andere fingen an zu telefonieren. Stefanie legte ihr schweres goldenes Armband an, das kein bisschen echt, dafür aber sehr protzig war, und zückte ihr Schminktäschchen. Während sie eine dicke Schicht Make-up auflegte, hörte sie, wie Herbert Giselle letzte Tipps gab.

»Denk daran, Nadia noch selbstbewusster zu spielen. Du darfst ruhig ein bisschen übertreiben. Und erinnere dich, was ich dir in den Proben gesagt habe: immer nach vorne gehen, nie zurückweichen!«

Im Spiegel sah Stefanie, wie Giselles Gesichtsmuskeln sich verkrampften. »Ich werde es versuchen, Herbert«, sagte sie leise.

Im Spiegel sah Stefanie auch, wie Mattis zu Giselle hinüberging und ihr über die Schulter spuckte, wie es die Profischauspieler machten. Aber dass er Giselle so lange umarmte, war völlig unnötig. Jetzt raunte er ihr auch noch etwas ins Ohr, das Stefanie nicht verstehen konnte.

Plötzlich fühlte sie sich ausgeschlossen. Als sie und Mattis ein Paar gewesen waren, war sie nie eifersüchtig gewesen. Jetzt, wo es keinen Grund mehr dazu gab, spürte sie tief in ihrem Innern einen Stachel.

»Seid ihr dann alle so weit?«, fragte Herbert. »Sehr gut. Bitte stellt euch im Kreis auf. Wir machen jetzt noch ein paar Aufwärmübungen, damit ihr konzentriert und ruhig werdet.«

Stefanie war meilenweit entfernt von Ruhe und Konzentration. Im Kreis stand sie ausgerechnet Mattis gegenüber. Er vermied es, sie anzusehen, und je länger er sie ignorierte, umso wütender wurde Stefanie. Er machte es sich so einfach! Zelebrierte seinen Liebeskummer, damit alle Mitleid mit ihm hatten. Und wer hatte Mitleid mit ihr? Keiner! Nach den Aufwärmübungen war Stefanie so aufgewühlt wie noch nie. Wie sollte sie in diesem Zustand bloß raus auf die Bühne gehen?

»Toi, toi, toi!«, sagte Fiona und drückte Stefanie ihre weichen Kissen in den Bauch.

»Toi, toi, toi!«, murmelte Stefanie.

Alle spuckten sich reihum über die Schultern. Als Stefanie Mattis' Atem an ihrer Wange spürte, stiegen ihr Tränen in die Augen.

»Und jetzt raus mit euch, Kinder!« Herbert klatschte in die Hände. »Ihr macht das super. Habt Spaß!«

Der Vorhang ging auf. Mattis und Leopold mussten auf die Bühne. Stefanie kam erst in der zweiten Szene des dritten Aufzugs dran. Die Wartezeit kam ihr endlos vor und das Lampenfieber wurde immer schlimmer. Als es endlich so weit war, dachte sie nur noch eins: Augen zu und durch!

Mattis saß am Frühstückstisch. Er war von Kopf bis Fuß Lord Arthur. »Ah, Sybil! Wie schön!«, begrüßte er sie, sprang auf und küsste ihr die Hand. »Hab ich dir dieses Armband geschenkt? Es ist sehr hübsch, nicht wahr?«

»Du hast einen hervorragenden Geschmack«, hörte Stefanie

sich sagen. Wie unglaublich weich Mattis' Lippen waren! Das hatte sie ganz vergessen. Plötzlich war alles wieder da, ihr erstes Date, der erste Kuss.

Und dann geschah etwas mit ihr. Sie war nicht mehr Stefanie, sie war Sybil und verrückt nach diesem Lord, obwohl sie ahnte, dass er sie auch nach der Heirat betrügen würde. Sie zwinkerte Arthur zu. »Damit habe ich immer das wüste Leben entschuldigt, das du bisher geführt hast.«

Arthur spielte den Entrüsteten. »Das ist jetzt vorbei. Wir sind seit drei Monaten verlobt.«

Sybils Text war wie ein fliegender Teppich, auf dem Stefanie saß und den sie mit traumwandlerischer Sicherheit durch die Lüfte steuerte. Ja, sie liebte Arthur, gegen alle Ratschläge, gegen alle Vernunft. Sie wollte ihr Glück genießen, solange es dauerte, wollte jede Sekunde auskosten.

»Nur ein charakterloser Mensch kann so glücklich sein wie ich«, sagte sie.

»Liebste!« Arthur legte die Arme um Sybil. Er küsste sie, sanft, leidenschaftlich.

Und Sybil küsste ihn, mit klopfendem Herzen und einem Ziehen in der Brust. Es war ein bittersüßer Kuss. Alles, was danach kam, war genauso. Sybil durchlitt Höhen und Tiefen, hoffte und bangte, als Arthur die Hochzeit zweimal verschob. Am Ende wurde sie dann doch belohnt. Nadia und Podgers, die beiden Erpresser, fuhren mit Arthurs Automobil in den Tod und Sybil hatte ihren Arthur endlich für sich. Für heute wenigstens und an morgen wollte sie nicht denken.

Der fliegende Teppich trug Stefanie bis zum Schluss und setzte sie nach einer sanften Landung sicher auf dem Boden ab.

173

Als der Vorhang fiel und der Applaus losdonnerte, erwachte Stefanie wie aus einem Traum. Sie schlüpfte aus Sybils Körper in ihren eigenen zurück und trat nach vorne, um sich zu verbeugen. Die Schauspieler bildeten eine lange Kette, fassten sich an den Händen. Stefanie spürte Mattis' warme Hand in ihrer.

»Du warst unglaublich«, flüsterte er ihr zu. »So gut hast du noch nie gespielt.« Er drückte ihre Hand ganz fest.

Der sichere Teppich war weg. Plötzlich schien der Boden unter Stefanies Füßen zu schwanken. Sie konnte nicht mehr stehen. Sie konnte nichts sehen vor lauter Tränen. Wann ging endlich dieser Vorhang runter?

Er tat es. Die Stoffbahnen rauschten in der Mitte zusammen. Gleichzeitig brach der Damm, den Stefanie seit der Trennung mühsam aufgerichtet hatte. Die ganze Zeit hatte sie alles versucht ihn zu halten, aber jetzt wehrte sie sich nicht mehr. Sie weinte um Mattis, weinte um ihre verlorene Liebe, weinte aus Wut und aus Trauer. Es tat weh, aber es tat auch gut, es endlich rauszulassen.

»Hey, Stefanie!« Mattis' Stimme an ihrem Ohr, seine Arme auf ihrer Schulter, wie vorhin auf der Bühne. Aber jetzt passte es nicht mehr.

»Lass mich!«, rief sie, befreite sich aus seinen Armen und rannte zur Garderobe.

EIN ALTER UND EIN NEUER TRAUM

Kurz vor Weihnachten war es selbst in Nizza kühl geworden. Aber die Strandpromenade war immer noch schön, besonders nachmittags, wenn die Sonne als rote Christbaumkugel im Meer versank. Die Palmen rauschten. Das Meer rauschte. Und Giselle musste nicht frieren. Denn Herbert zog seine Bikerjacke aus und legte sie ihr zärtlich um die Schultern. Die Jacke roch nach Leder, Abenteuer und Herbert.

Giselle gab ihm einen Kuss als Dankeschön. »Jetzt sind wir schon so lange hier«, sagte sie, während sie eng umschlungen weitergingen. »Vermisst du Deutschland? Deine Familie, deine Freunde?«

Herbert schüttelte den Kopf. »Ich vermisse nichts und niemanden, solange du an meiner Seite bist.«

Noch nie war Giselle so feierlich zu Mute gewesen, nicht mal an Heiligabend, wenn ihr Vater am Christbaum die Kerzen anzündete. Sie machte die Augen zu, schmiegte ihre Wange an Herberts und flüsterte in sein Ohr: »Ich werde immer bei dir bleiben.«

»Hier solltest du aber nicht bleiben!« Die vorwurfsvolle Stimme passte nicht nach Nizza. Dort wurden liebende Paare nicht gestört und vor allem nicht auf Deutsch angesprochen.

»Pardon?«, fragte Giselle und machte extra langsam die Augen auf.

Da waren keine Palmen, kein Sonnenuntergang, kein Meer

und auch kein Herbert. Vor ihr auf dem nassgrauen Gehsteig stand ein Polizist. Er hatte die Hände in die Hüften gestemmt und sah Giselle stirnrunzelnd an. »Es regnet in Strömen, Mädchen! Du holst dir eine dicke Erkältung, wenn du hier noch länger herumstehst. Hast du dich verlaufen? Kann ich dich irgendwohin mitnehmen?«

»Nein, danke«, wehrte Giselle ab. »Ich bin gleich da.« Sie zog die Kapuze ihres Regenanoraks tiefer in die Stirn und machte ein paar entschlossene Schritte. Es funktionierte. Der Polizist stieg in sein Auto und fuhr davon.

Als er um die Ecke gebogen war, ging Giselle zu der Stelle zurück, an der sie gestanden hatte, schräg gegenüber von Herberts Haus. Sie sah zu den erleuchteten Fenstern im ersten Stock hoch und ihr Herz klopfte schneller. Dort wohnte er also. Es war ganz leicht gewesen, seine Adresse herauszufinden. Ein paar Mausklicks im Internet und schon hatte sie Karte und Wegbeschreibung.

»Hallo Herbert! Mensch, das ist ja ein Zufall«, probte sie noch mal halblaut die Begrüßung. »Ich wusste gar nicht, dass du hier wohnst. Hab gerade um die Ecke noch was eingekauft. Dann können wir ja zusammen zur Schule gehen.«

Im ersten Stock wurden die Lichter gelöscht. Gleich würde er runterkommen! Giselle fieberte dem Augenblick entgegen. Dann war es so weit. Die Haustür ging auf und Herbert kam heraus.

Aber er war nicht allein. An seinem Arm hing eine Frau!

Das konnte nicht sein, das durfte nicht sein! Statt wie geplant die Straßenseite zu wechseln und Herbert entgegenzugehen, versteckte Giselle sich hinter einer Litfaßsäule.

»Auch das noch, es regnet!«, stöhnte Herbert. »Und ich hab oben mein Textheft vergessen.«

Die Frau an seiner Seite, eine Blondine mit auffällig toupierten Haaren, spannte einen Schirm auf. »Du hast doch in der Schule noch ein zweites Exemplar, Schatz. Außerdem kannst du deinen Text in- und auswendig.«

»Meinst du?«, fragte Herbert. »Wie war noch diese eine Stelle am Schluss, als Podgers sagt: ›Nach den Flitterwochen werden wir …‹«

»Wir werden jetzt losgehen«, unterbrach ihn die Blonde sanft, aber bestimmt. »Vielleicht war es doch keine so gute Idee, die Rolle selbst zu übernehmen. Deine aktive Theaterzeit ist vorbei.«

»Ist sie nicht!« Herbert klang gereizt. »Ich bin noch genauso gut wie früher. Nein, sogar noch besser, weil ich mehr Erfahrung habe. Wenn mich heute ein Regisseur sehen könnte …«

Die Frau seufzte. »Wenn, wenn … Ach, Schatz! Das hast du schon vor zehn Jahren gesagt, als ich dich geheiratet habe. Herbert, ich liebe dich auch ohne Theaterruhm und Oscar. Du bist wunderbar!«

»Wirklich?«, fragte Herbert. Übermütig hob er seine Frau hoch und wirbelte sie herum. Danach gingen die beiden unter dem Schirm dicht aneinandergekuschelt davon.

In Giselles Kopf kreisten die Gedanken wild durcheinander. Herbert war verheiratet. Glücklich verheiratet, schon seit zehn Jahren. Das hatte er nie erwähnt, obwohl er doch sonst so viele Geschichten aus seinem Leben erzählte.

Es kam Giselle vor, als ob ein Vorhang hinter ihm zufallen würde. Der letzte Vorhang nach der letzten Theateraufführung.

Tief in ihrem Herzen hatte sie es immer gewusst, dass es nie ein Nizza für Herbert und sie geben würde. Und doch hätte sie alles dafür getan, noch ein bisschen weiterträumen zu dürfen.

Vorbei.

Regen tropfte durch ihre Kapuze. Die Jeans war komplett durchweicht und auch die Schuhe gaben ihren Kampf gegen die Nässe auf. Der Polizist hatte Recht gehabt. Wenn sie noch länger hier stehen blieb, würde sie heute Abend als schniefendes Ungeheuer von Loch Ness auftreten.

Giselle ging den Weg, den sie mit Herbert hatte gehen wollen, alleine. Es waren gerade mal zehn Minuten bis zur Schule, aber die Strecke kam ihr wie eine Bergtour auf den Mount Everest vor. Dabei stand ihr das Schlimmste noch bevor. Die Gipfelbesteigung. Mit Herbert auf der Bühne ein Erpresserpaar zu spielen, während im Zuschauerraum seine Frau saß und ihm Kusshände zuwarf. Für einen Moment überlegte Giselle ernsthaft, ob sie das Ganze hinschmeißen sollte. Herbert hatte für eine Zweitbesetzung gesorgt, falls jemand kurzfristig krank wurde. Und Giselle war krank, krank vor Liebeskummer.

Als sie das Schulgebäude betrat, drang Herberts Lachen durchs Treppenhaus. »Ich glaub, ich hab die Schlussszene doch im Griff. Jetzt kann ich nur hoffen, dass Giselle sie nicht vermasselt. Sie ist manchmal noch ziemlich unsicher, weißt du.«

»Ach, das wird schon werden«, beruhigte seine Frau ihn.

Die Schritte der beiden entfernten sich. Giselle hatte wie erstarrt zugehört. Und schon war der Moment, in dem sie hatte aufgeben wollen, vorüber. So einfach würde sie es Herbert nicht machen.

»Jetzt erst recht!«, murmelte sie trotzig und lief die Treppe hoch. Auf einmal konnte sie es kaum erwarten, in ihr Kostüm zu schlüpfen.

Giselle war die Erste aus der Theater-AG in der Künstlergarderobe. Herbert nickte ihr zu. Seine Frau hatte sich anscheinend schon in den Zuschauerraum verzogen. Plötzlich fühlte Giselle sich unwohl so alleine mit Herbert.

»Na?«, fragte er. »Kommen bei dir viele Fans, Giselle?« Seine Stimme klang herzlich, aber auch eine Spur von oben herab.

Früher war Giselle dieser Unterton nicht aufgefallen. So ruhig wie möglich antwortete sie: »Meine Eltern werden da sein, mein Opa und ein paar Freunde. Und bei dir?«

Herbert kratzte seinen Zehntagebart, den er sich extra für die Aufführung hatte wachsen lassen. Rasiert sah er besser aus, fand Giselle. Jetzt erschien ein Grinsen auf seinem Gesicht. »Fans? Die halbe Stadt wird mir zujubeln. Was hast du denn gedacht?« Er fand seinen Witz sehr komisch und es fiel ihm gar nicht auf, dass Giselle nicht mitlachte. »Nein, im Ernst«, redete er weiter. »Kein Mensch will mich sehen. Doch, Ben hat zugesagt, aber ob er sich tatsächlich freimachen kann, weiß ich nicht.«

Während Giselle rätselte, warum Herbert gelogen hatte, schenkte er ihr unvermittelt sein Nizza-Lächeln. »Stopp, warte! Jetzt hätte ich beinahe meinen größten Fan vergessen: dich!«

Giselle sah an Herbert vorbei zur Wand und ging nicht darauf ein. »Wär schön, wenn Ben kommt. Also dann … Ich werd mich schon mal umzuziehen.« Sie ging hinüber zum Kleiderständer und dann kam zum Glück Fiona herein, zusammen mit ein paar Leuten aus der Oberstufe.

Bisher hatte Giselle ihr Kostüm verflucht, weil es Ewigkeiten dauerte, die vielen Druckknöpfe auf der Vorderseite zu schließen. Jetzt war sie froh darüber, beschäftigt zu sein. Konzentriert zog sie ihr Kleid an, eine auffällige Kreation in Rot, die sie im normalen Leben nie getragen hätte. Danach widmete sie sich ausgiebig dem Make-up. Passend zum Kleid tuschte sie ihre Wimpern schwarz und zog einen dicken schwarzen Lidstrich. Um sie herum stieg der Geräuschpegel an. Giselle spürte die Hektik und Nervosität der anderen. Seltsamerweise ließ sie sich davon nicht anstecken. Sie war der ruhige Pol mitten im Sturm.

Dann kam Mattis zur Tür herein. Er und Stefanie standen sich minutenlang gegenüber, sahen sich in die Augen und sagten kein Wort. Giselle beobachtete die zwei im Spiegel. Selbst aus der Entfernung konnte sie spüren, wie es zwischen ihnen knisterte. Sie wären nicht das erste Paar an der Schule, das sich trennte und dann doch wieder zusammenkam. On-Off-Beziehungen waren sogar ziemlich in Mode. Warum auch nicht? Giselle gönnte es den beiden. Nur weil sie unglücklich war, musste es der Rest der Welt nicht zwangsläufig auch sein. Sie beugte sich wieder über ihre Puderdose, aber die Ruhe, die sie gerade noch empfunden hatte, bekam leichte Risse.

Kurz darauf sah sie, wie Stefanie sich mit ihrem Korsett quälte. Weil sie schon fertig war, stand sie auf und ging zu ihrer Mitspielerin. »Kann es sein, dass dieses Korsett dich gerade zum Wahnsinn treibt?«, fragte sie.

Stefanie, die vor Anstrengung Schweißperlen auf der Stirn hatte, kicherte. »Du hast es erraten!«

Auf einmal verging die Zeit wie im Flug. Giselle kam es vor, als hätte sie sich nur einmal umgedreht, da stand Herbert plötzlich vor ihr und sagte: »Denk daran, Nadia noch selbstbewusster zu spielen. Du darfst ruhig ein bisschen übertreiben. Und erinnere dich, was ich dir in den Proben gesagt habe: immer nach vorne gehen, nie zurückweichen!«

Giselle war wie vor den Kopf gestoßen. Was wollte er damit sagen? Dass sie schlechter war als die anderen und sich anstrengen musste, um heute Abend mitzuhalten?

Sie wollte nachhaken, aber Herbert war schon weitergegangen, um Fiona einen letzten Tipp zu geben. Giselle fühlte sich so schwach, dass sie sich am liebsten hingesetzt hätte. Verzweifelt kämpfte sie gegen das Gefühl an. Herbert hatte Unrecht, sie *war* selbstbewusst in der Rolle der Nadia. Es half nichts. Sie stand da wie eine schüchterne Schauspielschülerin, die beim Vorsprechen versagt hatte.

Dann war Mattis bei ihr. Giselle hatte ihn gar nicht kommen hören. Er spuckte ihr über die Schultern und sagte: »Toi, toi, toi!«

»Danke, dir auch toi, toi, toi!« Giselle unterdrückte einen Stoßseufzer. Mattis brauchte das Ritual eigentlich gar nicht. Er würde wie immer großartig sein. Er war der geborene Schauspieler, im Gegensatz zu ihr. Giselle gab sich einen Ruck. Sie musste auch den anderen Glück wünschen.

Da spürte sie Mattis' Arme um ihre Schultern und hörte seine leise Stimme, die ihr ins Ohr flüsterte: »Hör nicht auf Herbert, lass dich nicht von ihm verwirren. Nur dein Herz ist wichtig. Nur dein Bauchgefühl zählt. Dann kann dir nichts passieren.«

Seine Worte legten sich wie ein schützender Mantel um ihre Schultern. Eine tiefe, wohltuende Wärme breitete sich in ihr aus, stieg langsam ihre Beine hoch, wanderte weiter zum Bauch und fand einen Weg zu ihrem Herzen. Die Biker-Jacke brauchte sie nicht mehr.

»Danke«, flüsterte Giselle noch mal.

»Gern geschehen.« Mattis löste sich von ihr und stellte sich zu den anderen in den Kreis.

Giselle machte die Aufwärmübungen mehr oder weniger automatisch mit. Während ihr Körper sich wie von selbst dehnte und streckte, eilte ihr Geist voraus auf die Bühne. Sie war nicht mehr Giselle. Sie war jetzt Nadia, die betrogene Geliebte Arthurs, und konnte nur an eines denken: Arthur musste dafür büßen, was er ihr angetan hatte. Sie würde ihn gemeinsam mit ihrem guten Freund Podgers zu Fall bringen.

»Und jetzt raus mit euch, Kinder!« Herbert klatschte in die Hände. »Ihr macht das super. Habt Spaß!«

Mattis und Leopold standen auf. An der Garderobentür drehte Mattis sich noch mal kurz um und warf Giselle einen Blick zu. Ein Blick, der höchstens zwei Sekunden dauerte, und trotzdem wärmte er Giselle noch immer, als sie ihren ersten Auftritt hatte.

»Arthur, du frühstückst ohne mich!?« Sie legte all ihre Wut auf Herbert in die fünf Worte hinein und machte nach Arthurs halbherziger Entschuldigung genauso weiter. »Worum geht's denn diesmal? Um die Länge des Brautkleids? Die Tischordnung beim Hochzeitsdinner? Oder möchte Sybil eine voreheliche Vergnügung?«

»Bitte! Keine Szene!«, flehte Arthur.

Nadia machte keine Szene, sie zog ihre Konsequenzen aus der Situation bis zum bitteren Ende. Giselle dachte nicht mehr nach, dachte weder an Text noch an Schrittfolgen. Und sie musste es auch nicht. Alles lief wie von selbst. Es war wie ein Rausch, den Giselle manchmal hatte, wenn sie einen beeindruckenden Film im Kino ansah. Doch diesmal war sie selbst Teil des Films. Spielte und sah sich spielen, war das ruhige Auge mitten im Sturm.

Eine gefühlte Sekunde später – in Wirklichkeit war es eine Stunde – konnte Giselle es kaum glauben, dass schon ihr letzter Auftritt begann. Zusammen mit Podgers überraschte sie Arthur nach seiner Hochzeitsnacht.

Triumphierend ließ sie ihn wissen, dass sie und ihr Partner ihn in der Hand hatten.

Dann kam Herberts Auftritt. Er wirkte sehr steif, nicht nur in seinem Anzug, auch in seinen Bewegungen. Giselle merkte, dass seine Stimme zitterte. Er musste schrecklich aufgeregt sein. Und dann passierte es. Als er den Satz mit den Flitterwochen sagen sollte, hatte er einen Texthänger. Hilflos mit den Armen rudernd stand er auf der Bühne und sah Giselle verzweifelt an.

Giselle tat, was ihr als Erstes in den Sinn kam. Sie legte Podgers den Arm um die Schulter, herzlich, aber auch eine Spur herablassend. »Entschuldige, Arthur, mein Partner ist manchmal ziemlich unsicher. Er wollte dir die gute Nachricht überbringen, dass wir nach den Flitterwochen in aller Ruhe über die finanziellen Modalitäten sprechen werden. Jetzt nehmen wir uns nur eine Anzahlung auf den späteren Gewinn.« Damit packte sie Podgers energisch unter dem Arm und ging mit ihm von der Bühne ab.

Während draußen das Stück mit einem Knalleffekt – einer Autobombe – zu Ende ging, sah Giselle ihren Deutschlehrer nachdenklich an. Der tupfte sich mit einem Taschentuch den Angstschweiß von der Stirn und raunte ihr grinsend zu: »Das ist ja gerade noch mal gut gegangen. Tolle Improvisation, Giselle! Ach, übrigens, hab ich dir schon mal erzählt, wie ich bei *Romeo und Julia* einen Texthänger hatte? Also, das war so …«

Der Rest seines Satzes ging im tosenden Applaus unter. Der Vorhang fiel, Stefanie und Mattis stürmten hinter die Bühne und dann mussten auch schon alle Schauspieler raus, um sich zu verbeugen.

»Du warst super!« – »Absolut genial, Giselle!« – »Wahnsinn!« Von allen Seiten kam das Lob ihrer Mitspieler. Fiona platzte fast vor Bewunderung.

Giselle wusste nicht, wie ihr geschah. Wieder fiel der Vorhang, dann schubste Leopold sie hinaus auf die Bühne. »Sie wollen *dich* sehen, Giselle!«

Das Herz klopfte ihr bis in den Hals hinauf, als sie alleine an den Bühnenrand trat. Die Zuschauer sprangen von ihren Sitzen auf, klatschten, jubelten, trampelten mit den Füßen.

In der ersten Reihe stand Ben, hielt die Hände vor den Mund und brüllte: »Bravo, bravo, bravo!«

Giselle musste sich immer wieder verbeugen. Sie ließ sich von der Begeisterung des Publikums tragen, lachte und weinte zugleich. Und plötzlich wurde ihr klar: Sie würde nie mehr von Nizza träumen. Ab heute hatte sie einen neuen Traum: eines Tages als Schauspielerin auf einer richtig großen Bühne zu stehen, in Paris, London oder vielleicht sogar in Nizza.

HERZKLOPFEN

Chrissies Hände brannten wie Feuer. Sie hätte nicht so viel klatschen dürfen und vor allem nicht so intensiv. Dann hätte sie den bei Reibung auftretenden Energieverlust und die Umwandlung von Energie in Wärme vermeiden können. Doch es gab Augenblicke im Leben, da musste man die physikalischen Gesetze vernachlässigen. Heute Abend zum Beispiel war ein solcher Augenblick.

»Ich hätte nie gedacht, dass die Theater-AG so gut ist!«, sagte Chrissie zu Erik, der neben ihr stand und den Schauspielern ein letztes Bravo hinterherrief, bevor sie endgültig hinter dem Vorhang verschwanden.

»Ich auch nicht.« Erik faltete das Programmheft zusammen. »Gut, dass wir doch noch hergekommen sind.«

Chrissie nickte. Eigentlich hatten sie und Erik den Samstagabend damit verbringen wollen, ihr neues Raumfahrtbuch noch einmal gründlich zu studieren und sich die wichtigsten Fakten herauszuschreiben. Vor einem Jahr hatten sie eine gemeinsame Datei zum Thema Raumfahrt angelegt, die sie kontinuierlich erweiterten. Mittlerweile war das Ganze zu einem eigenen kleinen Buch angewachsen. Chrissie spielte ab und zu mit dem Gedanken, es später in einem Fachverlag zu veröffentlichen.

»Und, was machen wir jetzt?«, fragte Erik. Er hatte seine Jacke angezogen und wartete darauf, dass sich die Schlange im Mittelgang auflöste. Die Aula war bis auf den letzten Platz besetzt gewesen. Also stellte er sich auf eine längere Wartezeit ein.

»Keine Ahnung, mein Engel«, sagte Chrissie zärtlich, weil sie gerade Moritz mit seiner Zweitfreundin Emily entdeckt hatte.

Moritz warf Erik einen Kumpelblick zu. »Na, da fällt dir doch bestimmt was ein, Erik. Brauchst du noch Kondome? Nein, hast du schon? Alles klar. Dann viel Spaß euch zwei!«

»Euch auch«, sagte Erik. »Und richte Lisa schöne Grüße aus.«

Emily wurde hellhörig. »Wer ist Lisa?«

»Äh … das erklär ich dir unterwegs«, murmelte Moritz und hatte es plötzlich eilig. Ohne auf die Proteste der Zuschauer in seiner Reihe zu achten, quetschte er sich an ihnen vorbei in Richtung Ausgang.

Chrissie verkniff sich ihr Grinsen, solange Moritz und Emily in Sichtweite waren. Danach tat sie sich keinen Zwang mehr an. »Bin gespannt, wann seine Dreiecksgeschichte auffliegt. Weihnachten wäre ein guter Zeitpunkt.«

»Überraschung unterm Tannenbaum«, fügte Erik hinzu. »Er ist selber schuld. Wenn er mich nicht dauernd so blöd anquatschen würde, hätte ich mir den Tipp für Emily gespart.«

Chrissie hatte für Typen wie Moritz sowieso nur wenig Mitleid übrig. Seufzend wickelte sie sich einen dicken Schal um. Sie hatte immer noch Halsweh, aber zum Glück war es nicht schlimmer geworden. Wenn sie weiter fleißig Vitamintabletten lutschte, konnte sie es vielleicht schaffen, dem Grippevirus zu entgehen.

»Also ich weiß nicht, wie es dir geht, aber mein Magen knurrt total«, gestand Erik. »Hättest du was dagegen, wenn ich dich ganz vornehm zu einer Portion Kohlehydrate, kombiniert mit Fett und Salz, einlade?«

Chrissie wusste sofort, wovon Erik sprach. Es war eine Art

Geheimsprache zwischen ihnen, immer wenn einer Lust auf Pommes hatte. »Klar«, sagte sie und setzte ihre warme Filzmütze auf, die absolut genial war, weil sie zuverlässig vor sämtlichen Wasser-Aggregatzuständen schützte, egal ob Schnee, Eiswind oder Regen.

Inzwischen hatte sich die Schlange aufgelöst. Als sie in den Mittelgang traten, stießen sie auf Henri, Paul und Tim, drei Jungen aus ihrer Klasse, die regelmäßig Listen aufstellten, wer noch solo war und wer glücklich verliebt.

»Komm, Süße!« Erik schlang seinen Arm um Chrissies Taille, eine Geste, die anfangs noch ungelenk gewirkt hatte, aber durch die regelmäßige Übung selbstverständlich geworden war.

Genauso selbstverständlich schmiegte Chrissie ihre Hüfte an Eriks Hüfte. Früher hatte sie so was peinlich gefunden. Die Zeiten waren vorbei und Schuld daran hatten ihre neugierigen, frühreifen Mitschüler.

Henri, Paul und Tim feixten. Ihre Knutschgeräusche verfolgten Chrissie und Erik bis zum Ausgang. Dort verschwand die Dreier-Clique endlich. Dafür kamen die Schauspieler aufgeregt quatschend und lachend aus der Garderobe. Als Chrissie Giselle entdeckte, blieb sie erstaunt stehen. Beinahe hätte sie ihre Mitschülerin nicht wiedererkannt. Sie strahlte so sehr von innen heraus, dass sie dem großen Christbaum auf dem Weihnachtsmarkt glatt Konkurrenz machte. Ihre blauen Augen leuchteten und ein neues, stolzes Lächeln lag auf ihren Lippen.

»Gratuliere, Giselle!«, sagte Chrissie. »Du warst so toll. Wie machst du das nur? Hast du irgendeinen Trick?«

Giselle lachte aus vollem Hals. »Einen Trick habe ich schon, aber den verrate ich natürlich nicht. Nein, Quatsch! Es lief einfach gut. Wir waren alle super drauf und haben uns die Bälle zugespielt.«

Hinter ihr tauchte Herbert auf. Er grinste breit und drehte dabei seinen Zylinder in der Hand. »In Geschäften sind wir allerdings kompromisslos«, zitierte er aus dem Stück, womit er sofort die Lacher der Theater-AG auf seiner Seite hatte.

»Uuuh! Gut zu wissen.« Chrissie tat so, als hätte sie große Angst. In seiner Rolle als verklemmter Handleser hatte Herbert sie mehr als einmal zum Lachen gebracht. Besonders am Schluss, als ihm die Worte ganz ausgegangen waren. Chrissie hatte den Deutschlehrer bisher ziemlich langweilig gefunden, was zum Großteil an seinem Fach lag, wie sie sich jetzt eingestehen musste. Aber es konnte schließlich nicht jeder Physik oder Mathe unterrichten.

»Äh … in meinem Bauch ist ein großes Loch«, sagte Erik vorwurfsvoll.

»Schon verstanden.« Chrissie drückte ihm einen Kuss auf die Nasenspitze. »Dieser Mann hier hat Hunger«, erklärte sie den Mitgliedern der Theater-AG. Dann nahm sie Eriks Hand und lief mit ihm zum Treppenhaus. Sie rannten die Stufen hinunter, hinaus in die Nacht.

Der Regen hatte endlich aufgehört. Die letzten Wolken verzogen sich und machten den Sternen Platz. Chrissie und Erik liefen schweigend zum Schultor, überquerten mit den anderen Schülern die Straße und bogen in eine ruhige Gasse ein.

»Sind wir alleine?«, flüsterte Chrissie. Vorsichtshalber drehte sie sich um, bevor sie losprustete. »Wir sollten auch bei der Theater-AG mitmachen. Wir sind die perfekten Schauspieler, findest du nicht? Die denken alle immer noch, dass wir ein Liebespaar sind. Keiner schöpft auch nur den geringsten Verdacht.«

»Das wär auch noch schöner«, sagte Erik. »Ich hab wirklich alles gegeben, Süße.«

»Ich weiß, mein Engel!« Chrissie bekam einen Kicheranfall, von dem sie sich erst erholte, als sie bei der Pommesbude auf dem Marktplatz ankamen.

»Zweimal rot-weiß, bitte, und eine heiße Zitrone.« Erik zückte seinen Geldbeutel.

»Lieb von dir«, sagte Chrissie. Die dampfende Tasse wärmte ihre kalten Hände und das Vitamin C verjagte die letzten Viren aus ihrem Hals. Während sie Schluck für Schluck trank, stopfte Erik in einer Geschwindigkeit, die an einen Schaufelradbagger erinnerte, die fettigen, goldgelben Pommes in sich hinein.

»Magst du von meinen noch was haben?« Chrissie schob ihm ihren Pappteller zu.

»Klar«, sagte Erik. Er begnügte sich aber nur mit ein paar Stäbchen, um ihr nicht alles wegzuessen.

Bald waren beide Schalen leer. Chrissie wischte sich die Finger an der Papierserviette ab und zog schnell wieder ihre Handschuhe über. Nach dem milden Regenwetter war eine neue Kaltfront im Anmarsch. Der Statistik zufolge, die Chrissie kürzlich gelesen hatte, würde die Kaltfront jedoch erst nach Weihnachten Schnee bringen. Im Grunde war es ihr egal, ob es an Weihnachten schneite oder nicht. Hauptsache, sie bekam die Physikbücher, die sie sich von ihren Eltern gewünscht hatte.

Erik stupste Chrissie an und riss sie aus ihren Gedanken. »Sind das nicht Olaf und Luzie aus dem Schulbus? Nach Liebesgeflüster hört sich das aber nicht an.«

Chrissie hob den Kopf. Jetzt hörte sie es auch. Olaf und Luzie stritten so laut, dass sich die Leute auf der Straße nach ihnen umdrehten. Die beiden merkten es nicht mal. Sie kamen jetzt direkt auf die Pommesbude zu und blieben nur wenige Meter von Chrissie und Erik entfernt stehen, ohne sie zu beachten.

»Warum musst du immer aus einer Mücke einen Elefanten machen?«, beschwerte sich Olaf. »Es war wirklich nur ein Kuss, wie oft soll ich dir das noch sagen?«

»Ich mache aus einer Mücke einen Elefanten?« Luzie betonte jedes einzelne Wort. »Das ist ja das Allerletzte. Wer hat hier wen betrogen und es ewig lang nicht erzählt?«

»Ich wollte ja, aber ich hatte Angst, dass du mir nicht verzeihen kannst.«

»Du wolltest, klar.« Luzie stieß einen Schwall kalte Luft aus, die vor ihrem Gesicht eine Gewitterwolke bildete. Dann stöhnte sie auf. »Warum reden wir eigentlich nie, wenn wir Probleme haben?«

»Ich weiß nicht«, sagte Olaf wieder in normaler Lautstärke.

Luzie stöhnte ein zweites Mal. »Ich hätte dir sagen müssen, dass ich noch nicht so weit bin. Ich bin schuld, dass unser erstes Mal nicht so toll war.«

»Aber es war toll!«, protestierte Olaf. »Nur eben ein bisschen schnell.« Er schwieg betreten und versteckte sich hinter seinen langen Ponyfransen.

»Lichtgeschwindigkeit hat auch was für sich.« Luzie fing an zu grinsen. Dann lachten beide gleichzeitig los.

»Ich hab mal gelesen, dass das zweite Mal sowieso viel schöner sein soll.« Olaf nahm Luzie in den Arm.

»Ach, hast du das?«, fragte Luzie. »Ich weiß nicht ...« Weiter kam sie nicht, weil Olaf sie an sich drückte und leidenschaftlich küsste.

»Bravo!«, rief Erik und Chrissie klatschte in die Hände.

Olafs und Luzies Köpfe fuhren auseinander. Beide wurden knallrot, als sie merkten, dass sie ihren Streit vor Publikum geführt hatten.

Chrissie war das Ganze ein bisschen peinlich. Während sie der Szene gelauscht hatten, war sie kurz davor gewesen, sich zu verkrümeln, hatte es aber aus irgendeinem Grund nicht geschafft. »Wir haben nichts gehört und gesehen«, sagte sie schnell.

Erik legte seine Hände nacheinander auf Augen und Ohren. »Mein Name ist Hase.« Für einen kurzen Moment dachte er, Olaf würde sich auf ihn stürzen, aber der hob sich seine Energie lieber für andere Dinge auf.

»Kein Wort zu niemandem!«, rief Olaf mit drohendem Zeigefinger. »Sonst bring ich euch um.« Er wartete, bis Chrissie und Erik eifrig nickten, dann nahm er Luzie an der Hand und rannte mit ihr davon.

»Hatten wir nicht heute schon einen Mörder, der frei herumläuft?«, sagte Erik. »Wir sollten die Polizei informieren. Vielleicht trägt Olaf eine Pistole mit Platzpatronen bei sich.«

»Oder er hat ein Auto mit einer Bombe präpariert«, fügte Chrissie hinzu. »Sobald wir einsteigen, platzt eine Plastikkugel mit Knallbonbons.« Sie musste so sehr lachen, dass sie einen Schluckauf bekam. »Was für ein … hicks … Abend! Den werde ich nie vergessen.«

»Ich auch nicht.« Erik wurde plötzlich ernst. Er sah Chrissie so intensiv an wie damals, als sie zum ersten Mal gemeinsam im

Planetarium gewesen waren und den Polarstern bewundert hatten. »Es war schön. Das Theater, die Pommes … du.«

Chrissies Schluckauf war auf einmal weg. Sie bekam weiche Knie und musste an den Tag auf dem Weihnachtsmarkt denken. Welche Theorie hatte Erik damals zu Marie und Ulli aufgestellt? Dass die beiden sich in einer inneren Haltung positiver Verbundenheit zu einer anderen Person befanden, die den reinen Nutzwert einer zwischenmenschlichen Beziehung überstieg. Damals hatte es trocken und theoretisch geklungen. Jetzt konnte sie es plötzlich nachvollziehen. Ja, genauso war es!

Chrissies Herz klopfte schneller. Sie konnte sich nicht erinnern, dass sie es je so bewusst wahrgenommen hatte, und das lag nicht an Überlastung, Adrenalin, Alkohol, Schilddrüsenüberfunktion, Drogen, Medikamenten oder Panikattacken. Ihr Herz klopfte nur deswegen schneller, weil Erik vor ihr stand und sie ansah. Nach einer Weile, ungefähr die Zeitdauer, die Neil Armstrong in den frühen Morgenstunden des 21. Juli 1969 gebraucht hatte, um aus der Mondlandefähre zu klettern, suchte er ihre Hand. Chrissie half ihm, sie zu finden. Stumm gingen sie nach Hause, die Herzen voller Worte, die sie nicht aussprechen mussten.

FROHE WEIHNACHTEN!

»Wir haben jetzt noch zehn Minuten, bevor die Weihnachtsferien beginnen.« Frau Jensch lächelte, was bei ihr so gut wie nie vorkam. »Diese Zeit wollte ich dafür nutzen …«

Marie hob die Hand, obwohl sie wusste, dass ihre Deutschlehrerin das nicht leiden konnte, bevor sie ausgeredet hatte. Doch heute war Frau Jensch friedlich gestimmt. Sie trug ihre grauen Haare lockerer als sonst und hatte sie mit einem roten Samtband geschmückt, das Marie an die Bänder am Adventskranz erinnerte.

»Ja, Marie, was gibt's?«, fragte Frau Jensch freundlich.

»Ich hab da noch eine Frage, was meine Aufgaben als Klassensprecherin betrifft.« Marie versuchte den strengen Gesichtsausdruck ihrer Lehrerin nachzuahmen.

Frau Jensch runzelte die Stirn. »Können wir das nach den Weihnachtsferien besprechen?«

Marie schüttelte energisch den Kopf. »Leider nicht. Es ist dringend, weil es uns alle betrifft.« Sie drehte sich zu ihren Mitschülern um, die sie fragend ansahen. Die Klassenarbeiten waren geschrieben, die Noten mehr oder weniger gerecht verteilt und Marie hatte alle Fragen bei Zweifelsfällen geklärt.

Selbst Janine wunderte sich, was Marie jetzt noch besprechen musste. »Was ist denn los?«, flüsterte sie ihrer Freundin zu. »Hat der Hausmeister mit Kerzen gezündelt? Ist der Weihnachtsmann gestorben?«

Marie reagierte nicht darauf. Sie holte tief Luft und sah Frau Jensch nachdenklich an. »Ein Klassensprecher gibt doch Anregungen, Vorschläge und Wünsche der Klasse an die Lehrer weiter. Und er trägt auch Beschwerden und Kritik vor und unterstützt die Schüler in der Wahrnehmung ihrer Rechte, richtig?«

»Ja, das hast du korrekt formuliert.« Frau Jensch sah nervös auf ihre Armbanduhr. Ausnahmen und Verzögerungen in ihrem Zeitplan hatte sie auch am letzten Schultag nicht vorgesehen.

Marie ließ sich davon nicht aus der Ruhe bringen. »Alles klar. Dann habe ich eine Kritik vorzubringen. Ein schwerwiegendes Recht unserer Klasse wurde vernachlässigt: Ich habe Lebkuchen und Plätzchen mitgebracht, aber unsere Lehrerin verweigert uns, mit ihr in den letzten zehn Minuten der letzten Stunde Weihnachten zu feiern.«

Der Mund der Deutschlehrerin klappte auf und zu wie bei einem Fisch. Dann musste sie lachen. »Marie! Du hast mir aber einen Schrecken eingejagt. Natürlich verweigere ich euch dieses Recht nicht. Genau dasselbe wollte ich gerade selbst vorschlagen.« Sie zog aus ihrer Tasche eine Plätzchendose und eine Packung Servietten mit Goldsternen. »Die Plätzchen hab ich selbst gemacht«, verkündete sie stolz und sah aus wie der Weihnachtsengel höchstpersönlich.

Jetzt gab es kein Halten mehr. Alle sprangen von ihren Plätzen auf und belagerten die beiden Tische, an denen es Essbares gab.

»Hmmm … Zimtsterne!«, schwärmte Penelope. »Deine Lieblingsplätzchen, Alina. Ich hab dir den letzten gesichert.« Sie hielt Alina einen Zimtstern hin. Die schnappte danach und schob ihn sich genüsslich in den Mund. Leise klirrten die silbernen Bettelarmbänder an den Handgelenken der Mädchen.

Janine tauschte einen amüsierten Blick mit Marie. »Sieh nur, die siamesischen Zwillinge haben sich wieder versöhnt.«

»Wurde aber auch Zeit«, nuschelte Marie. Sie probierte gerade einen Schokolebkuchen ihrer Deutschlehrerin, der ein bisschen bröselig war, ansonsten aber toll nach Honig schmeckte. Alina und Penelope waren nicht lange zerstritten gewesen, doch die kurze Zeit hatte Marie gereicht. Die negative Energie, die beide im Klassenzimmer verbreitet hatten, war wie eine unsichtbare Vulkanwolke in jeden Winkel gekrochen und hatte die Stimmung ganz schön gedrückt. Luzie hatte zwischendrin halbherzige Versuche unternommen, die Vermittlerin zu spielen, war jedoch kläglich gescheitert.

Bevor Marie bis drei zählen konnte, waren beide Plätzchendosen bis auf den letzten Krümel geleert. Frau Jensch hatte nichts abbekommen, was ihr aber nichts auszumachen schien. Lächelnd packte sie ihre Dose ein und sagte in einem feierlichen Ton, der gar nicht zu ihrer spröden Art passte: »Ich wünsche euch allen ein wunderschönes, friedliches, gesegnetes Weihnachten.«

»Amen«, rutschte es Janine heraus.

Alle lachten und die Deutschlehrerin wurde rot. Dann läutete die Schulglocke. Marie musste an den Startschuss beim letzten Schwimmwettbewerb denken. Wenn Luzie, Janine und die anderen Schwimmerinnen da genauso schnell reagiert hätten, hätte Ingo sie zur nächsten Olympiade angemeldet.

»Wo bleibst du denn?«, rief Janine, die bereits ungeduldig in der Tür stand.

»Ich komm ja. Der Bus fährt uns schon nicht weg.«

Dann beeilte Marie sich doch beim Packen ihrer Sachen. In

ihrem Bauch prickelte es plötzlich. War das die Vorfreude, gleich in den Bus zu steigen? Würde dort vielleicht die versprochene Weihnachtsüberraschung auf sie warten? Wie auch immer, Marie bekam plötzlich Flügel und rannte an Janine vorbei aus dem Klassenzimmer. »Wer schneller im Bus ist«, rief sie lachend.

»Da ist ungerecht!«, protestierte Janine. »Du hast einen Vorsprung.«

»Hol ihn auf.« Marie rannte den langen Flur entlang, quer durch die Pausenhalle und weiter zum Hauptausgang. In dem Moment, als sie die schwere Außentür aufstieß, bog der Schulbus um die Ecke. Er fuhr auf den Hof, wich den aufgeregten Schülern aus und kam direkt vor Marie zum Stehen. Zischend ging die Vordertür auf. Da kam Janine keuchend angelaufen, aber Marie war schon die Stufen hinaufgeklettert.

»Erste!« In Siegerpose warf sie beide Hände in die Luft und strahlte ihre Freundin triumphierend an.

»Das gilt nicht!« Janine stemmte die Hände in die Hüften, beugte sich nach vorne und verschnaufte eine Spur zu lange. Bevor sie zu Marie aufschließen konnte, wurde sie von den anderen Schülern unsanft zur Seite geschoben. Auch diejenigen, die auf den zweiten Bus warten mussten, drängelten. Heute konnten es alle kaum erwarten, nach Hause zu kommen.

Marie sprintete in den hinteren Busteil. Sie schaffte es gerade noch, mit ihrem Schal zwei Plätze in der letzten Reihe zu belegen. Dann kam der große Ansturm. Marie reckte ihren Kopf, winkte hektisch, musste dauernd ihre Plätze verteidigen und dabei auch noch nach einem bestimmten Jemand Ausschau halten. Aber der Jemand kam nicht und Janine steckte im vorderen Busteil fest. Marie wurde langsam unruhig. Hatte der Jemand den

Bus verpasst oder sich den Grippevirus eingefangen? Oder war sie zu voreilig gewesen?

Endlich hatte Janine sich zu Marie durchgekämpft. Erschöpft ließ sie sich auf ihren Platz fallen. »Oh Mann, ich bin jetzt schon fertig! Dabei fängt der Weihnachtsrummel doch erst morgen an.«

»Irrtum!«, sagte Marie. Sie hielt ihrer Freundin ein kleines Päckchen unter die Nase. »Frohe Weihnachten, Janine!«

Die machte ein bestürztes Gesicht. »Mein Geschenk für dich ist aber noch nicht fertig. Ist das schlimm? Du bekommst es morgen, okay?« Als Marie nickte, strahlte Janine. »Danke!« Neugierig nahm sie das Päckchen, das etwa so groß wie eine Streichholzschachtel war, und schüttelte es vorsichtig. »Kann ich es jetzt schon aufmachen?«

»Du hältst es ja sowieso nicht länger aus.« Marie grinste. Sie packte alle ihre Geschenke erst an Heiligabend unter dem Tannenbaum aus, auch wenn es sie noch so sehr in den Fingern juckte. Rituale durfte man nicht verändern. Das galt für Feiertage genauso wie für Bestellungen beim Universum. Aber Marie hatte es längst aufgegeben, Janine zu bekehren. Ihre Freundin schob nichts auf die lange Bank, egal ob es um Weihnachtsgeschenke oder Dates ging.

Janine riss mit einem Ratsch das Geschenkpapier herunter, klappte die silberne Dose auf und stieß einen spitzen Schrei aus. »Grüner Lidschatten – und auch noch von meiner Lieblingsmarke. Marie, du bist die Beste!« Sie fiel ihr begeistert um den Hals.

Marie kam nicht dazu, etwas zu erwidern, weil zwei Dinge gleichzeitig passierten. Der Bus fuhr an und ihr Handy meldete

sich mit dem Weihnachtsklingelton, den sie neu eingestellt hatte.
»Warte mal kurz«, sagte Marie. Ihre Finger waren mal wieder viel zu langsam. Warum dauerte das so lange, bis sich der Nachrichtenspeicher öffnete? Endlich, eine neue SMS! Marie überflog die zwei kurzen Zeilen.

Freu dich auf deine Weihnachtsüberraschung.
Manchmal liegt das Glück auf der Straße.

Der Absender hatte keinen Namen dazugeschrieben, aber das war auch nicht nötig. Marie wusste sofort Bescheid. Trotzdem starrte sie verwirrt aufs Display. »Was soll das denn jetzt heißen?«

Janine schnappte sich das Handy. »Klingt vielversprechend. Lass dich überraschen ...« Sie pfiff fröhlich vor sich hin.

Marie stöhnte. Der SMS-Schreiber wusste genau, dass sie Überraschungen und Spontanaktionen nicht leiden konnte. In der Hinsicht ging es ihr wie Frau Jensch, auch wenn sie sonst nichts mit der Deutschlehrerin verband. Marie steckte das Handy in die Hosentasche und lehnte sich im Sitz zurück. Einen Verdacht hatte sie natürlich schon, wie die Überraschung aussehen könnte. Allein der Gedanke verstärkte sofort das Kribbeln in ihrem Magen.

Zum Musikhören war sie viel zu aufgeregt und Janine war damit beschäftigt, den neuen Lidschatten auszuprobieren. So blieb Marie nichts anderes übrig, als aus dem Fenster zu starren. Draußen schien tatsächlich die Sonne. Sie hatte sich so lange nicht blickenlassen, dass Marie sich fragte, ob sie eine Fernreise nach Thailand gebucht hatte. Die Straßen waren trocken und die Bäume kahl, bis auf die Lichterketten, die erst bei Einbruch der Dämmerung eingeschaltet wurden. Der Bus fuhr träge die Hauptstraße der Kleinstadt entlang. Unter das gleichmäßige Brummen des Motors mischte sich ein merkwürdiges Geräusch. Es kam von den zwei Plätzen schräg rechts vor Marie. Zwischen dem kleinen Spalt, den die beiden Sitze frei ließen, konnte Marie einen braunen Haarschopf erkennen. Die viel zu langen Ponyfransen bedeckten beide Augen. Von Olafs Mund war noch weniger zu sehen, weil seine Lippen mit den Lippen eines Mädchens verschmolzen.

Noch vor einem Monat an ihrem Geburtstag hätte Marie einen winzigen Stich in der Brust gespürt. Jetzt nicht mehr. Sie wünschte Olaf alles Glück dieser Welt. Sie konnte zwar immer noch nicht nachvollziehen, warum er sich Luzie ausgesucht hatte, aber offenbar passte sie zu ihm. Und die Beziehung hatte die erste Prüfung – Janine – erfolgreich bestanden. Olaf ließ sie links liegen. Janine machte das überhaupt nichts aus, weil sie längst andere Flirtobjekte ausgespäht hatte. Alle waren glücklich: Olaf, Luzie und Janine.

»Perfekt«, murmelte Marie. Jetzt hatte sie doch Lust, Musik zu hören. Sie steckte sich die weißen Stöpsel in die Ohren und wählte die Songs aus, die Olaf ihr zum Geburtstag zusammengestellt hatte. Es waren lauter Rockballaden, die sie schon immer gern gemocht hatte. Marie ließ sich vom heiseren Klang der E-Gitarre in die Ferien entführen. Langsam begriff sie, dass zwei herrlich lange Wochen vor ihr lagen. Zwei Wochen, in denen sie tun und lassen konnte, was sie wollte. Und sie hatte schon jede Menge Punkte auf ihrer Liste stehen.

Während Marie Musik hörte, sah sie, wie Gabriel, der mit seinen Fußballfreunden die Plätze in der Mitte belegt hatte, aufstand. Er sah irgendwie anders aus als sonst. Mit ein paar Sekunden Zeitverzögerung fiel Marie auf, was es war. Gabriel hatte seinen verschlafenen Blick abgelegt. Auch sein Lächeln war keine Spur verschlafen-cool. Es wirkte ziemlich unsicher. Marie zog verwundert die Augenbrauen hoch. Was war denn mit dem los? Sie wollte gerade Janine danach fragen, als Gabriel nach vorne ging, bei Alina stehen blieb, einen Mini-Weihnachtsstern aus seiner Jacke hervorzauberte und ihn Alina in die Hand drückte.

Die war überrascht, dann grinste sie und gab Gabriel den Blumentopf zurück. Schnell nahm Marie die Stöpsel aus den Ohren und hörte, wie Alina sagte: »Lieb von dir, Gabriel, aber ich hab schon jede Menge Weihnachtssterne auf meinem Fensterbrett.«

Gabriel stand da wie bestellt und nicht abgeholt. Im Hintergrund feixten seine Freunde. Fast tat er Marie leid. Bisher hatte er nur die Sonnenseite des Lebens genossen. Kein Wunder, dass ihn diese Abfuhr besonders hart traf. Aber da musste er durch. Gabriel trat mit seinem Weihnachtsstern den Rückzug an und Marie vergaß, sich wieder die Ohren zuzustöpseln.

Der Bus hatte trotz Schneckentempo die Kreuzung erreicht. Er setzte den Blinker und bog in die Straße ein, die zum Gymnasium führte. Vor dem lindgrünen Gebäude stapelten sich die Schüler wie die Weihnachtspakete auf der Post. Wieder reckte Marie den Kopf, obwohl sie wusste, dass es keinen großen Sinn hatte.

Eine Überraschung gab es trotzdem: Viviane stieg in den Bus. Dabei fuhr sie sonst bei Wind und Wetter mit dem Rad. Sie strich sich die Locken aus der Stirn, rieb sich nervös die Stupsnase und schien seit dem letzten Schwimmtraining blind geworden zu sein. Oder sie wollte die Winkzeichen von Marie und Janine absichtlich nicht sehen, was Marie sich nicht vorstellen konnte.

»Bei uns ist noch was frei«, rief Penelope aus der zweiten Reihe. Sie schoss in die Höhe und zeigte auf den Sitz auf der anderen Seite des Mittelgangs.

Viviane strahlte über das ganze Gesicht. »Danke!« Sie ließ ihre Tasche mit den Pferdestickern achtlos auf den Boden fallen und redete wie ein Wasserfall auf Penelope ein.

Maries gute Laune bekam einen kleinen Dämpfer. »Ich glaube, wir müssen mal ein ernstes Wort mit Viviane reden«, sagte sie zu Janine. »Erst wollte sie Luzie bei uns einschleusen und jetzt anscheinend Penelope. Nichts gegen Penelope, aber ich finde, drei sind genau richtig für eine Clique.«

Janine kicherte. »Du bist auf dem falschen Dampfer unterwegs.« Ihre Freundin beugte sich zu ihr rüber und flüsterte ihr ins Ohr: »Merkst du nicht, dass da was ganz anderes läuft? Viviane hat sich verknallt.«

»In Pen…?« Marie schlug sich mit der Hand auf den Mund. Gerade noch rechtzeitig bremste sie sich. Wenn Janine tatsächlich Recht hatte – und in Liebesfragen hatte sie fast immer Recht –, würde Viviane sicher selber entscheiden wollen, wann der richtige Zeitpunkt für ein Coming-out war.

Ungläubig starrte sie zu ihrer Freundin hinüber. Dass ausgerechnet Viviane auf Mädchen stand, hätte sie nicht mal im Traum vermutet. Plötzlich kam sich Marie spießig vor. Warum sollte Viviane sich nicht in ein Mädchen verlieben? Das Wichtigste war doch nur, dass es ihr gut ging. Marie beschloss, zu Hause ihre Vorurteile in den Papierkorb zu werfen, zusammen mit den Matheheften, die sie nicht mehr brauchte. Die Weihnachtsferien nutzte sie sowieso immer dafür, sich von altem Ballast zu befreien.

Marie war so in ihren Gedanken versunken, dass sie gar nicht mitbekam, wie sich die Plätze um sie herum füllten. Erik und Chrissie saßen jetzt schräg links vor ihr. Sie holten wieder mal irgendein Technikbuch hervor und vertieften sich darin. Marie würde nie begreifen, wie man sich außerhalb der Schule freiwillig mit Physik, Chemie oder Mathe beschäftigen konnte. Seltsam waren die beiden ja schon immer gewesen, aber jetzt gingen sie wenigstens nicht mehr ungeküsst ins Abitur.

»Hast du die Konstruktionszeichnung der Mondlandefähre gesehen? Ist das nicht Wahnsinn?«, rief Chrissie gerade. Sie hatte vor lauter Forscherdrang vergessen ihre alberne Filzmütze abzulegen.

Erik zog sie ihr sanft vom Kopf. »Du bist der Wahnsinn!« Er drückte seiner Freundin einen Kuss auf den Mund.

Und dann tat Chrissie etwas, das sie noch nie getan hatte. Sie klappte das Buch zu und konzentrierte sich voll und ganz auf die wichtigste Sache im Leben. Marie lehnte sich lächelnd zurück. Sie wollte nicht stören.

»Weißt du übrigens schon das Neueste?« Janines Ellbogen landete in Maries Taille. »Fiona und Leopold sind wieder zusammen.«

»Wer?«, fragte Marie.

Janine zeigte auf ein Paar, das zwei Reihen vor ihnen saß. Jetzt erkannte Marie die beiden. Sie waren auf ihrer Party gewesen – aber nicht gemeinsam, wenn sie sich recht erinnerte. Fiona hatte damals denselben peinlichen Schal aus gelben und roten Wollresten getragen. Marie beobachtete die zwei. Sie taten so, als würden sie sich streiten, warfen sich dabei aber ständig verliebte Blicke zu.

»Und, freust du dich schon auf Weihnachten?«, fragte Leopold. »Du feierst sicher mit Ben Baleck, deinem Vater, und seiner Schwester, deiner Adoptivmutter. Wie ist das eigentlich so? Vermisst du an Weihnachten deine verstorbene Mutter?«

»Hör sofort auf damit!« Fiona nahm ihrem Freund die Zeitung aus der Hand, rollte sie zusammen und versuchte seinen Kopf zu treffen. »Ich werde mir nie wieder eine Geschichte ausdenken.«

Leopold wich geschickt aus. »Keine Lügen mehr? Nicht mal eine klitzekleine? Schade! Ich hab mich schon so daran gewöhnt.«

Jetzt schaffte Fiona es doch, ihm mit der Zeitung auf den Kopf zu schlagen. Natürlich fiel der Schlag äußerst sanft aus. »In Zukunft schreibe ich alle meine Geschichten einfach auf, werde eine Bestseller-Autorin und du wirst mein Agent.«

»Und Partner, hoffe ich doch«, sagte Leopold. Er grinste verschmitzt, Fiona nickte und kuschelte sich an seine Brust.

Marie musste wieder lächeln. Dann ließ sie ihren Blick durch den Bus schweifen. In den letzten Tagen vor Weihnachten war ganz schön viel passiert. Kam es ihr nur so vor oder gab es im Bus fast nur noch verliebte, glückliche Paare? Olaf und Luzie, Erik und Chrissie, Fiona und Leopold ...

Und dann waren da noch Mattis und Giselle, die drei Reihen vor Marie die Köpfe zusammensteckten und sich über die Aufnahmebedingungen an verschiedenen Schauspielschulen austauschten. Marie musste keine Liebesexpertin wie Janine sein, um mitzukriegen, dass die beiden sich zwischen den Zeilen über völlig andere Dinge austauschten. Zwischen ihnen knisterte es ganz schön. Marie freute sich für Mattis, dass er seinen Liebeskummer endlich überwunden hatte. Es war noch nicht lange her, da hatten etliche Leute aus dem Bus ernsthaft überlegt, ob sie eine Sammelaktion starten sollten, damit Mattis zur Psychotherapie gehen konnte. Die war jetzt offenbar nicht mehr notwendig.

Marie stutzte. Neben dem Brummen des Motors und den Knutschgeräuschen von Olaf und Luzie hörte sie plötzlich leises Schluchzen. Sie musste zweimal hinsehen, bevor sie es glauben konnte. Nicht weit von Mattis und Giselle entfernt saß Stefanie schniefend auf ihrem Platz. Lisa hatte eine Box mit Papiertaschentüchern auf dem Schoß und versorgte Stefanie regelmäßig mit Nachschub.

Zwischen Tränen und Schluchzern lächelte Stefanie immer wieder kurz. »Ich bin ja so froh, dass ich endlich weinen kann. Das konnte ich die ganze Zeit nicht, auch nicht bei meinen Abschiedsritualen.«

Marie hatte keine Ahnung, wovon Stefanie sprach. Sie grübelte gerade darüber nach, als der Bus plötzlich bremste und mitten auf der Landstraße zum Stehen kam.

»Ich glaub's nicht!« Der Busfahrer stöhnte. »Hier war noch nie eine Haltestelle und hier wird auch nie eine sein.« Genervt drückte er auf den Knopf, um die Bustür zu öffnen. »Ich bin doch kein Taxifahrer.«

»Vielen Dank, dass Sie extra für mich anhalten«, sagte eine Stimme, die Maries Herz doppelt so schnell schlagen ließ. »Es sollte eine Weihnachtsüberraschung werden, wissen Sie.« Der unerwartete Fahrgast zwinkerte dem Busfahrer zu. Dann kam er mit seiner Gitarre den Mittelgang entlang, ging vor Marie auf die Knie und fing an zu singen.

Marie, du bist so schön.
Marie, ich kann's nicht fassen.
Marie, du hast mich reingelassen.
Marie, ich hab dich schrecklich gern.
Marie, du bist mein Weihnachtsstern.

Alle Schüler im Bus klatschten im Takt. Ein paar summten die Melodie mit. Marie stand mit zitternden Knien auf, ging zu Ulli und nahm seine Hand. Ihr Herz war bis zum Rand ausgefüllt mit Freude. Zärtlich zog sie Ulli zu sich hoch und küsste ihn. Heute war Weihnachten schon einen Tag früher.

Verrückte Hormone

Melvin Burgess
Doing it
384 Seiten
Taschenbuch
ISBN 978-3-551-35640-6

Der gut aussehende Dino ist überzeugt, dass er und
die ebenso gut aussehende Jackie das perfekte Paar
wären – und völlig frustriert, weil jedes ihrer heißen
Dates mit einer Abfuhr von Jackie endet. Der coole
Jonathon hat eine Schwäche für die warmher-
zige, zuverlässige Deborah – und ein Problem, das
zuzugeben. Der zurückhaltende Ben lebt den Traum
jedes Teenager-Jungen, er hat eine Affäre mit seiner
Lehrerin – doch irgendwie geraten die Dinge außer
Kontrolle ...

CARLSEN
www.carlsen.de

Auf großer Reise

Autumn Cornwell
Carpe diem
384 Seiten
Taschenbuch
ISBN 978-3-551-35518-8

Die 16-jährige Vassar weiß genau, was sie will: erst den besten Schulabschluss, dann auf eine Eliteuniversität. Warum soll sie also ausgerechnet jetzt, kurz vor den Prüfungen, ihre verrückte Großmutter in Südostasien besuchen? Widerwillig packt Vassar zehn (!) Koffer und reist in den Dschungel. Dort muss sie bald einsehen, dass aufblasbare Toilettensitze keine Familiengeheimnisse lösen – und auch nicht helfen, wenn man sich unsterblich verliebt.

Leben, ich komme

Maja von Vogel
**Mein neues Leben
und ich**
176 Seiten
Klappenbroschur
ISBN 978-3-551-35784-7

Als ihre Eltern entscheiden, für ein Jahr nach Texas zu gehen, ist das für die 16-jährige Leo eine Katastrophe. Sie will nicht weg! Zum Glück hat Tante Inge die rettende Idee: Leo könnte mit ihrer Cousine Sabine zusammenziehen. Die studiert Medizin und Leo freut sich schon auf eine coole WG mit vielen Partys. Von wegen! Sabine ist leider ziemlich uncool. Erst als Leo Luke kennenlernt, findet sie Gefallen an der neuen Stadt, der Liebe – an ihrem neuen Leben!

CARLSEN
www.carlsen.de